中公文庫

地中海幻想の旅から

辻　邦生

中央公論新社

目次

ヘルシンキ
スロ
ストックホルム
モスクワ
コペンハーゲン
ワルシャワ
ベルリン
プラハ
ミュンヘン
ウィーン
ブダペスト
ヴェネツィア
ブカレスト
ベオグラード
ィレンツェ
アレッツォ
シエナ
ソフィア
ローマ
チラナ
ブリンディジ
ナポリ
コルフ島
デルフォイ
アテネ
パレルモ
シラクサ
チュニス

リポン
ダブリン
ロンドン
アムステルダ
ブリュッセル
トリー
パリ
ストラスブール
ベルン
クレルモン・フェラン
ミラ
トゥールーズ
マルセイユ
セート
ニース
サラマンカ
バルセロナ
マドリード
リスボン
アルジェ
コンスタンティー
ラバト

地中海幻想の旅から

イタリアのことを考えただけで私は切ない憧れに身も焦れる思いであった。季節はちょうど初秋であった。たまたま誰かがナポリの話をしているのを私は耳にしたのだった。——もしそのとき私を引きとめたものがあったとしたら、それはただ死のみであったと思う。

——ギッシング——

I

地中海幻想の旅から

27 jan. 59

中部イタリアの旅

私がはじめて国境の町ヴェンティミリアを通ってフランスからイタリアに入ったのはすでに十年も前（一九五九年）のことになる。ニースで一夏を送り、八月も終ろうとしている頃で、列車の窓から見える花盛りの海沿いの駅々は、南国の香りに満ち、日焼けした娘たちは果実のように肉感的だった。列車の響きのなかにメンデルスゾーンのイタリア交響曲の旋律が聞えてくるような気がした。

その後、私は何度かイタリアに旅したにもかかわらず、その旅程はつねに北イタリアの町々を通って、中部イタリアはフィレンツェで多くの時間を費やし、すぐローマへと向い、いわゆるトスカナ、ウンブリアの町々を訪ねたのは、実は昨年（一九六九年）になってからであった。

フィレンツェにせよ、ローマにせよ、ヴェネツィアにせよ、一度その魅力にひきこまれた人は、終生そこから逃れることはできない。そしてそうした都市の一つ一つが、現在われわれの常識では考えられぬほどの歴史の厚い層と豊かな芸術品、記念建造物にみたされ、それらが近代都市の活動に見事に融合して、尽きない魅惑的な雰囲気をつくりあげている。われわれの知識が増え、感受性が豊かになるにしたがって、それだけ向うも豊饒多様な姿を現わしてくる——それがイタリアの町々の特色である。また事実、イタリアの豊かさは、一つ一つの都市の豊かさであるといえる。なるほどパリもロンドンも歴史的、芸術的見地からすれば、決してイタリアの諸都市に劣らぬ豊かさを備えている。しかし何といってもそれは一国の首府であり、一国の文化をすべてそこへ集中しているのであり、考えようによれば、東京が日本の文化を集中的に所有しているのと似たような状態である。

しかしイタリアの特色は、ローマにすべてが集中しているのではなく、とくに芸術的、歴史的な見地から見ると、ほとんどすべての町々が、その豊かさを分有しているという点にある。

私はながいことフィレンツェの魅惑から解放されず、同じトスカナ地方のアレッツォ、シエナをなかなか訪ねる気持になれなかったのも、この「花の都《フィレンツェ》」の尽きない芸術品や建物、歴史記念物が、それだけ私の時間を占有していたためだが、一度アレッツォ、シエナ、またはペルージア、アッシジ、ウルビノ、オルビエト、スポレト等の町を訪れると、それぞれの魅力にとらえられ、そこから離れがたく感じるのも、まったく同じような理由によるのである。

昨年、私はフィレンツェ訪問を早目に切りあげると、明るい丘陵のつづくトスカナ地方を南下し、丘のうえに黄褐色の家々の密集するアレッツォに向った。フィレンツェが丘に囲まれた盆地の中央にあるのに対して、私が訪ねた中部イタリアの町々はほとんど例外なしに丘陵の頂に、城塞のような感じで、家々を密集させていた。事実、シエナ、ウルビノ、オルビエトなどには、重厚で暗い感じの城壁が残っている。こうした城壁は都市を取りかこんで外敵から都市の繁栄と市民の平和をまもっていたのである。

もっとも、これらの都市が丘陵のうえを選んだのは、こうした戦略的な意味もあったが、もっと古くエトルスク人が住み、その後ローマ人が支配した時代、高い丘を神の住居と考えて、ここに神殿を築くためであったと考えられる。たとえば現在もアッシジを訪れる人々は、この聖フランシスの記憶の濃く残っている寺院町の中央広場に、れっきとしたイオニア式列柱を並べた古代異教神殿を見て驚くはずである。むろん内部はキリスト教寺院として用いられているが、そこにも、こうした町々に蓄積されている歴史の厚い層を感じないではいられない。

アレッツォで私が泊ったホテルは、有名なピエロ＝デラ＝フランチェスカの壁画のあるサン＝フランチェスコ教会の並びで、古びた厚い壁や、時代ものの木彫のある重々しい寝台や、ぎしぎし軋る衣裳簞笥などが、いかにも歴史のなかに息づく古都の趣を感じさせた。教会の建物とホテルとが同じ一つの壁を共有して建てられているのも面白かった。

町が丘の斜面にひろがっているため、どこに行くにも坂を登ったり、降りたりする。そうした坂を登り、古い貴族館や市庁舎や寺院や民家のあいだをぬけて行くと、突然、丘の頂に出る。そこは緑の木々が深々と繁る公園になっていて、ちょうど初夏だったせいか、燕の群れが渦を巻いてチ、チと鳴きながら建物のあいだを飛びぬけていた。

中部イタリアの町々は、明るい丘陵や緑の濃い谷間に較べて、それぞれに暗い歴史を建物や狭い路地に刻みこんでいる。ルネサンスの華麗な芸術の花がこのトスカナ地方を中心に花咲いたのが不思議に思えるほど、その歴史は暗く、血や怨恨がしみている。

イタリアの諸都市がそれぞれに豊かであるということは、実は、それぞれ独立し、相互に競争し合ったということを物語っている。すでにアレッツォもシエナもペルージアも中世には自由都市として独自の自治をもち、織物と金融業によって繁栄したフィレンツェとたえず抗争した。とくにドイツ皇帝領となって、教皇側の勢力と対立するようになると、たとえば教皇に味方するフィレンツェに対して、シエナ、アレッツォは皇帝派の城塞として血みどろの戦いをつづけることになる。ルネサンスの芸術を支える精神的基盤も、かかる中世の不幸な戦闘と経済的な競争の結果、次第につくりあげられた民衆の自覚と知恵をのぞいては考えられない。それは後にルネサンス人文主義の知恵となって結晶し、マキアヴェリの鋭い政治感覚となって結実し、ジオットー、マサッチオ、ドゥッチオ、シモーネ＝マルチニ、ボッティチェルリ、ダ＝ヴィンチ、ミケランジェロ、ラファエロなど、世界史のなかで、ただ奇蹟としか考えられないような天才の輩出となって実現したものなのである。

もちろん、こうした巨大な芸術家の作品に対してわれわれは優劣をつける気持は起らないが、私がこのアレッツォのサン＝フランチェスコ教会で見たピエロ＝デラ＝フランチェスカの壁画は、こうしたルネサンス＝イタリアの傑作群のなかでも、ひときわ群を抜いて優れた作品であると思わないわけにゆかなかった。私はピエロの筆になるコンスタンティヌス大帝伝に取材した一連のこの壁画をみた瞬間、これを見ることがあまりに遅かったのを悔んだほどだった。

それはちょうど古典期のピカソの絵に感じるような知的な静謐感と古代的憂愁にみたされた壁画で、こんな現代感覚にうったえる絵が、五百年もの昔に描かれたこと自体、奇蹟のようなものであった。コンスタンティヌス大帝が十字架の奇蹟によって宿敵マグネンティウスをローマ郊外のミルヴィウス橋に破る戦闘場面は、様式化された馬の群像と長槍の林によって構成され、ウッチェロの戦闘図に似た非現実的な感じにみたされているが、それよりもずっと透明感があり、理知的で、立体派的な塑像性を感じさせる。ピエロの絵の背景の空にかかる雲は、夜明けの光をうけた真珠色の憂愁を宿していて有名だが、私は、その雲の透明感にも心打たれた。

シバの女王の礼拝場面も黒ずんだ赤、緑、紫など侍女たちの衣裳の色も控え目で、その知的な固い表情には不思議な冷たさが浮んでいた。

ピエロ＝デラ＝フランチェスカが一般に好まれるようになったのは、ごく最近のことに属する。私はこの画家が生れたサンセポルクロがアレッツォから三十八キロ東にあることを知り、その市庁舎に描いた『キリスト復活』の壁画を見るために、一日バスにゆられてトスカナの谷間を走りつづけた。広場で市が立って、近在の村から人々が集まる町をぬけたり、死んだように静まりかえって、影だけ濃い村を通ったりして、サンセポルクロに着いたとき、すでに暑い正午になっていた。小さな、ひっそりした町で、いまは美術館になっているその旧市庁舎を訪ねる人もなかった。私はそこでピエロの静謐感の溢れる『キリスト復活』を見たが、その背景にも夜明けの雲が透明な真珠色に浮んでいた。勝利のシンボルの旗をもつキリストが片足を石棺の縁にかけ、顔を正面にむけている。眠りこける番兵が三人その前景に並んでいる。そしてキリストがそのまま天に昇ってゆく不思議な上昇感が神秘なまでなまなましく感じられた。その他『慈悲のマリア』などのピエロの作品を見て、夕刻、バスが谷間をまがりながら登って行くとき、つねのことながら、なぜこの平凡な一寒村から、あのような天才が生れえたのか、その奇妙な運命について思いにふけった。

アレッツォを中心として、このサンセポルクロと対照的な地点にあるのがシエナである。世界でもっとも美しい町としてシエナを挙げる人が意外に多い。深く谷の入りこんだ丘の背に黄褐色の壁と、乾いた赤屋根が層々として重なって城塞のような町の景観をつくりあげ、その家々の上に、空中に浮ぶ白い船のように、美しいドゥオモ(司教座教会《カテドラル》)が姿を現わしている。

バスで着くと、谷間を一つ隔てたこちら側からシエナを遠望することができ、この見事な町の構成を一望のもとにおさめることができるわけである。

しかし人々に忘れられぬ印象を与えるのはシエナの町の市庁舎前の貝殻のような半円形の広場《ピアッツァ》であろう。ヨーロッパの都市における広場の意味は、市民の自由、独立の気風と切りはなすことができず、事実、広場の形、雰囲気、性格も、それぞれの歴史を反映して、個性的であるといえる。しかしそのなかでもシエナのピアッツァ＝デル＝カンポは、ただ半円形というだけではなく、貝殻状に筋目のついた広場が、半円の中心に向って、円形劇場のように低く傾斜しているのである。

急坂になった道をのぼり、細い路地をぬけてこの広場に出たとき、私は思わず声をあげた。暑い日ざしが、巨大なすり鉢を思わせるその広場の斜面に眩しく輝き、フォンテ＝ガイア（噴水）から流れた水が、うねうねと広場の中心に向って流れていた。水に濡れた広場の色は赤褐色だった。

広場の円弧にそってホテルやカフェや土産物店が並んでいた。そして弦の部分に当る広場正面に高い塔をもつ市庁舎が西日を赤々と受けて立っていた。私がシエナに着いたのはまだ午前だったが、いま記憶にあるシエナの市庁舎はなぜか夕日を浴びて立っている。おそらくシエナを離れ、最後に見おさめたのがそんな時刻だったからかもしれぬ。

この市庁舎のなかで、私は有名なシモーネ＝マルチニの「ギドリチオ将軍像」を見たが、それは広い壁面いっぱいに青の背景を描き、そこに騎馬姿の将軍を配したもので、シエナ派画家の優美な抒情性が感じられた。これはフィレンツェを破ったシエナの勝利の記念画なのに、そうした歓呼も雄叫びもなく、夢幻的な美しさに溢れていた。

フィレンツェに対する敵意と競争心はシエナのいたるところで感じるが、たとえば町の中央の高みに聳えたつ宏大なドゥオモは、明らかにフィレンツェの「花のサンタ＝マリア寺院」に対抗してつくられたものである。フィレンツェのそれは白大理石と黒緑大理石にピンクの大理石を加えて交互に組みあわせ、全体が花やかで、繊細な印象をうけ、イタリア＝ゴシックの傑作としてただ声もなく見あげるほかないが、シエナのドゥオモも同じ白と黒緑の縞馬模様が直線を強調して建物を飾り、明るい壮麗な感じを広い空間にひろげている。ただフィレンツェのほうがより量感が濃く、泡立つような華麗さが豊満なまでにふくれあがっているが、シエナのドゥオモは丘のうえの広々とした空間を占めているせいか、屋根や正面の直線がのびのびと明るく、どこか爽やかな風が吹きぬけている感じである。ここで私の眼を奪ったのは、床を覆った大理石の線刻である。五百年の歳月のあいだ、人々の足に踏まれて磨滅しているものも幾つかあるが、その大半がゴシック風の明快で華麗なデッサンを黒と白の大理石床に完全に残している。

シエナとフィレンツェの対立は絵画のうえにもはっきり現われる。フィレンツェはきわめて現世的なメディチ家をはじめとする大ブルジョアが合理的な経済活動を指導しただけあって、絵画はレオナルド＝ダ＝ヴィンチを頂点とする理知的なリアリスティックな傾向がつよい。それに対してシエナ派はドゥッチオをはじめシモーネ＝マルチニ、ロレンツェッティ兄弟などいずれも優美な抒情性と神秘な官能性の表現に特色をもつ。現実感覚よりは様式感覚にすぐれ、女性的なやさしさがつねに根底に流れている。ドゥオモ附属美術館にはドゥッチオの神秘で優美な「玉座の聖母子」があり、またピナコテークには前記シエナ派の画家の傑作が並んでいる。

ペルージアも広大な丘陵に密集した古都で、細い道が丘をとりまいて螺旋状に上っている。登りつめた丘の頂が町の中央の広場で、ここでも建物のあいだを燕が鳴きながら飛びかっている。甘美な絵を描《か》いたペルジーノが生れたのはこの町である。

ウンブリア地方は山のあいだに盆地がひらけて、遠くからペルージアの丘を見ることができるが、アッシジの場合も、たとえば列車の窓から注意深く見ていると、はるか遠方から、細長い丘にそって家々が城塞のように集まっているのに気がつく。事実、町は丘の背にそって細長くのび、主要な道は丘ぞいに二すじ走っているだけで、あとは迷路のような路地が、急な階段や坂や抜け道になって縦横に通じている。

アッシジは小鳥に説法した聖フランシスの話でわれわれにも馴染み深い。ほぼ東西に細長くのびている町の西端に、丘陵のうえから盆地を見おろすようにしてサン＝フランチェスコ教会がせりだしている。教会が丘の端に建てられているため、上下二段にわかれ、上の教会にはジオットーとその弟子が描いたイエス伝と聖フランシス伝の壁画が並ぶ。おっとりした町の雰囲気にもかかわらず、教会そのものは華美で壮麗でありすぎ、神秘主義的なカトリシズムの総本山という感じはなかった。むしろ下の教会の薄暗い内陣やシモーネ＝マルチニの壁画などにそうした雰囲気が残る。ここにあるロレンツェッティの聖母子は世俗化しているが、きわめて美しい表情をもっている。

宵の明星が菫色に暮れ残る空に浮ぶ頃、私は、昼間の暑熱のかすかに漂う町の路地をさまよってみた。ふと、小さな私宅教会のような建物から男女の美しいコーラスが聞えてきたので、のぞいてみると、聖地巡礼の団体が、聖フランシス誕生地に建てられた小礼拝堂でミサをあげているところだった。

私が暗い曲りくねった道をのぼってゆくと、そこはもう丘の背で城壁のような石壁がつづいていた。私は暗闇のなかにかろうじて白く路地がつづいているのを星明りにすかして見た。そしてさらに階段をおりたり、のぼったりして、なお幾つかの路地をたどったのち、突然、とある小路にさまよい出た。小路には、両側の家々の門ごとに燈火をもやし、その赤々と揺らぐ火は、弓なりに曲りながら、長くのびている小路の先まで点々とつづいていた。遠くで聖歌が聞えていた。あたりは、赤く燃える焔のほか、真っ暗だった。赤い焔の列はゆらゆらと燃え、細長い小路を、まるで夢のなかに出てくる祭りの町のように、赤々と照らしだしていた。しかし小路には人影は見えず、まるで無人の不気味な祭りのようだった。華麗でいて、そのくせひどく孤独で寂しかった。家々の窓からはアッシジの町旗のような旗が垂れさがっていた。一ヵ所だけ、明るい蠟燭の林立している御堂があり、その前に女たちがたむろしていた。

私は、これは何の祭りかと訊ねた。女たちの一人は陽気な黒い眼を光らせて、「ばらのマリア様の祭礼です」と答えた。もちろんばらのマリアとは、その街角に立つ御堂のなかのマリアのことらしかった。アッシジのなかの、一つの小さな路地の、名も知られぬ祭礼であった。かすかな風に揺らぐ焔は、空罐に燈油を入れ、ぼろ布をひたして、それに火をともしたものだった。しかしそれが赤く点々と小路にそって連なるさまは美しかった。清貧を愛した聖フランシスの町らしい簡素な、心やさしい美しさがそこに感じられた。

幾つか訪ねた丘の上の町のなかでも、いまなお特異な印象を残しているのはオルビエトである。丘といっても、オルビエトの場合、自然のなだらかな斜面はなく、いきなりテーブル状に台地が屹立しているのである。この町のドゥオモはフィレンツェ、シエナとならび三大ドゥオモに数えられる堂々としたゴシックの建物で、黒と白の大理石が縞模様を構成するのもよく似ているが、正面にバロックふうの過剰な装飾が加わっていることと、構成の単調さとで、一種の重苦しい印象を与える。町は高原状の透明な光にみちわたり、風が冷えて、切りたった崖のうえの胸壁を吹いていた。

同じ中部イタリアの丘の町でもウルビノになると、すでにトスカナからはずれてマルケ地方に属している。列車で入るには、いったんアドリア海岸のファノに出て、そこから山のなかに入って行く。まるで山奥の桃源郷でもあるかのように、ウルビノの町は、緑の谷間の奥に、一段と高い丘を覆って聳えている。見事な城壁が丘の急斜面を下り、ぐるりと町をとりかこんでいる。私が到着したとき、ちょうど落日が赤々と二つの丘にまたがるウルビノの町を照らし、その陰影が建物の一つ一つを際立たせていた。

ここでも道は斜面を上り下りしていて、息を切らせなければのぼれぬような急坂がつづく。町の広場からこうした急坂をのぼった左手にラファエロの生家がある。ウルビノの美術館にはピエロ＝デラ＝フランチェスカの『鞭打ち』と『聖母子』が並んでいた。すでにアレッツォとサンセポルクロで壁画を見た眼には、この板絵のタブローにも同種の理知的な冷たい筆触を感じる。

私は急坂をのぼり、城壁のうえの展望台に出てみた。中部イタリアの山並みが重なりあって遠くまでつづいていた。城壁にそって林が広がり、そこは散歩道になっていて、男女の学生たちが歩いている姿が見られた。

翌日、町には近在の農夫たちが集まり、広場は人々であふれた。祭礼があり、赤い僧服をつけた枢機卿が姿を現わし、人々はドゥオモのミサにつめかけていた。しかし町の広場の壁にはイタリア共産党の貼紙が見られ、ファシストとの戦いを思い出すように呼びかけていた。

イタリアの町はどこへいっても黒服の司祭たちの姿を見かける。宿で休んでいると、十五分おきに、たえず鐘の音が聞える。ヨーロッパの中でイタリアほどカトリックの影が濃く落ちているところはない。美しい女たちが、暗い、きびしい顔をして、夕刻のミサに急ぐ姿は他の大都会では見られない。しかし私はアレッツォでもウルビノでも何回かそうした人々を見かけた。

他方、現代イタリアの苦悶は、経済的発展の跛行《はこう》現象にあるといわれる。それは北部の豊かさに対して南部の貧しさという形で説明されるが、さらにそれは階級的な格差の開きにも現われている。私がイタリアを訪れているあいだ、何度かストライキや暴動があり、世情は落着いていなかった。

私は旅寝の夜々、教会の鐘の音で目覚めるようなとき、何がこのトスカナ、ウンブリア地方の町々からルネサンスの天才たちを生みださせたのかと自問した。赤い乾いた屋根。黄褐色の壁。丘の斜面に城塞のように構成される町。うねった急斜面の路地。暗い、天井の高い、どっしりした家。市民の誇らかな自負を示す市庁舎。広場と噴水。話し好きな民衆——こうした映像が映画のモンタージュのように明滅した。もちろん現在のわれわれの眼に入る姿は、ルネサンス時代のそれではない。しかしシエナにせよウルビノにせよ町の規模は五百年前と今と、さして相違はなさそうである。問題はそこを満たしていた精神的エネルギーが違う点である。

紀元前五世紀のアテネ、十七世紀のオランダ、ベルギー、十九世紀のパリ、と、歴史は、その時代精神を集中的に創造するように、ある一定の地点をえらぶ。だが、どうしてそういうことがおこるのか。私が中部イタリアの美しい丘陵のあいだを旅行しながら考えたのは、もっぱらそのことだった。

同じルネサンスでもボローニャに残る暗い陰惨な雰囲気や、パドヴァの商業的な気分に較べると、丘のうえに町々の散在するトスカナ、ウンブリア地方は、もっと単純で明快で割りきったところがある。町の雰囲気から感じられるかぎりでは、そんな気がする。おそらくフィレンツェがもっとも沈鬱な精神性を沈澱させているといえるかもしれぬ。

私は、いまもなお、燕の群れが黒い渦となって鳴きかわしている中部イタリアの町々を思いだすとき、世界史の奇蹟が横切っていったこの不思議を思わないわけにゆかない。

おそらく五百年前もシエナやアレッツォの谷間を緑の濃いアカシアの林が埋めていたことであろう。だが、その町のうえに傾いていた青空は、現在のイタリアに傾いている空とは異なっていたはずである。なぜならそこには、ほとんど畏敬とも呼んでいいような人間精神の重さが、われわれ旅行者の目にはとらえがたい形で、トスカナの地平線まで垂れていたにちがいないからである。

フィレンツェ散策

私がはじめてフィレンツェに着いた一九五九年の夏、駅から町へ歩きだそうとすると、興奮のあまり、突然、鼻血が噴きだしたものだった。思わず抑えたハンカチがみるみる真赤になったのが、いまも眼に見えるようだ。あれから何回かフィレンツェを訪れたが、最初の激動ほどではないにせよ、そのつど、不思議な感動に捉えられずにはいなかった。

ある夏、アルノ河に臨む綺麗なレストランで食事をしていると、そこに集るフランス人、アメリカ人、ドイツ人の年配の上品な客たちが、何となない子供っぽいはしゃぎ方をしていて、テーブルごとに見ず知らずであるのに、挨拶をしたり、短い会話をかわしたりした。

私たちの隣にいた老人は、フィレンツェはもう五度目だ、などと言って、幾日いても、この都会《まち》の魅力は味わいつくせない、と感嘆まじりの身振りをした。

私が『背教者ユリアヌス』のあとに予定した作品が、十五世紀のフィレンツェを背景とする物語になることは、すでに最初にここを訪れたときから決っていたような気がする。むろん現在『春の戴冠』の題名で書いている作品が、その当時思い描かれていたわけではないが、花のサンタ・マリアの黒緑と白の縞模様、ブルネレスキが築いた赤い僧帽のような大丸屋根、重い暗い石を積んだメディチ家やパッツィ家の館、迷路のような日陰の裏路などの与えたロマネスクな酩酊感は、ながく私のなかに残って、何か激しい息遣いのように私を駆りたてていた。

西欧のどの都会でも、重く積みかさなった歴史が広場や小公園や並木道の角に感じられるが、フィレンツェのそれは、そうした重層した流れというより、何か一瞬に燃えあがった激情が、そのまま石となって凍りついたような感じである。

私が扱っている十五世紀のフィレンツェは現在城門の残っているブールヴァールに囲まれたごく狭い地域の都会《まち》であった。四年前にも、昔の人のように、よく足で歩いて、都会《まち》の広さを身体の感じで覚えようとしたが、去年の秋も、本寺《ドゥオーモ》から聖ロレンツォ寺院を通り、メディチ旧邸（リカルディ）の前をまっすぐサン・ガロ門まで何回か歩いてみた。おそらくこの道を老コシモも大ロレンツォも歩いたに違いないし、暗い激情的な表情のサヴォナローラが聖マルコ修道院を出て、花やかな町の賑わいを苦々しく見たのも、この通りを歩きながらであったろう。

むろんガイドブックと首っ引きでも豊饒なルネサンス芸術の宝庫を、何から何まで見つくすことは不可能だが、大事な作品がどこにあって、どんなふうにそれが飾られているかを知っているのは、都会《まち》との親しみの層が深くなってゆくようで嬉しい。そうした馴染みの作品に敬意を表して、ひとわたり見てまわると、この前フィレンツェを離れた瞬間と今とが、奇妙な具合に接合され、フィレンツェにおける私だけの時間が、果実でも熟してゆくように、濃くなってゆく。

「すべての作品の本当の価値に人を導いてくれる道は、孤独を通ってゆく」とリルケが『フィレンツェだより』のなかで書いているが、おそらく親しみの層が深くなるとは、この孤独が深くなることなのであろう。私がフィレンツェに捉えられ、この都会《まち》の形象に結晶した人間の魂の軌跡に身をゆだねて、ただそれと等質の魂が、自分のなかに洗いだされてくるのを待つ――それがフィレンツェで過ごした日々だったと言えそうである。

去年の旅は、見落していたカレッジのメディチ別邸に寄ることができたのも、大きなよろこびだった。いまは病院付属の仕事に使われているが、深々と木立に囲まれた壇状の庭園は、かつてここでプラトン・アカデミアが開かれていた当時と同じ見事な花盛りであった。

前にフィレンツェ郊外の城館をめぐったとき、糸杉や石像に囲まれた露台のある暗鬱な邸宅に、何となくラスキンやペーターの美意識を感じた。美感というものも、時とともに移るのであろうか。

私などはフィレンツェという名前のなかにフィオーレ（花）という言葉が隠されているために、秋の青く冷たいトスカナの空の下にいても、なぜか春の花の香りをこの都会《まち》に感じる。重い石を積みあげた、牢獄のように不吉なフィレンツェの外貌に、妙になまめいた官能的な美しさが横たわっているのも確かに奇妙だ。去年は北郊のフィエゾーレのローマ遺跡のなかで風に吹かれていた。ここには不思議な浄福感と永遠感が漂っている。私は咲残りの野菊のなかに腰をおろして、やはり人間を考えるにふさわしい環境はあるものだ、と、つくづく考えたことを思いだす。

私の古典美術館

アテナ女神像

一九五九年の夏、私は灼きつくような太陽に照されながら、ギリシアの遺跡をさ迷った。アテネのパルテノンで、またデルポイのアポロン神殿で、私は、神を求める巡礼者が啓示を受けるような思いで、何度か、古代の光に打たれるのを感じた。

私はそれを「至福」とも「浄福」とも呼んだが、こうした宗教的な響きのする言葉を使っても、そこにはなんら誇張は含まれていないような感じがした。私は自分が甘美な花々の香りに包まれ、透明な大気の中に立ちつづけるように思ったのだった。

その二年後、私はミュンヘンでアイギナ島のアテナ女神像にめぐり合い、その甘美な清らかさに打たれた。そこには「永遠に女性的なもの」と呼んでもいい、高貴な優しさとほの暗い神秘感が漂っていた。しかしそれ以上に、この甘美な官能の痺れは私をあくない創作衝動へ駆りたてるなにかを持っていたのだった。

（ミュンヘン美術館蔵）

パルテノン神殿のフリーズ

古代ギリシアの古拙期から古典期まで百年ほどの足どりは、優美な「人間」という観念が刻みだされる驚異の一時期である。微笑を浮べた素朴で清楚な青年像（クーロス）少女像（コレー）から、パルテノンのフリーズ（神殿上部の帯状浮彫り）の典雅な様式への変化は、単に技術の洗練によっては説明のつかぬ、感性の深まりが感じられる。私はギリシア旅行から帰ってから、何回となくルーヴル美術館のギリシア室を訪れ、このパルテノンのフリーズの前に立ちつくしたものだった。

オリンピアのゼウス神殿破風のアポロン像に代表されるドーリア風の、男性的な、すがすがしい、雄勁な美を私は好むが、創造的な意欲を呼びおこす点では、フィディアスの手になるこの妙なる優美さに及ばなかった。柔らかな衣服のひだの下の若い女性の肉体の香わしさ、若者のしなやかな身体は、私に、じっとしていられぬ甘美な息苦しさを与えるのであった。

（ルーヴル美術館蔵）

ミロのヴィーナス

私はいまも、ギリシアで古代の「美」を啓示されなかったなら、はたして創作活動に入れたかどうかわからないと思っている。私が小説を書くようになったのは、一九五九年のギリシア旅行のあとであった。

しかし私に芸術衝動を与えたこのギリシアの「美」とはどんなものか、となると、私は皆目その正体がわからなかった。私はそれを「人間」という品位の観念の表現とも、神性の息吹きとも、イデアへの憧れとも呼んでみた。むろんそれぞれにそれは正しい定義だったが、それが生命感を呼びさまし、創作衝動に駆りたてる事実を説明するには十分ではなかった。

ルーヴルでミロのヴィーナスあるいはクニドスのヴィーナスを見るうち、この崇高な官能美が、人間存在の根底にある欲望を目覚ますのに気づいた。それはソクラテスがまさしくエロースと呼んだものにほかならなかった。そして生命を限りなく動かす原理として、それをほの暗い高貴さのなかに定着したのが、これらギリシア彫刻であることをやがて私は知っていったのだった。

（ルーヴル美術館蔵）

ヘゲソの墓碑

私がはじめてアテネの美術館で古代墓碑の浮彫りを見たとき、ギリシアの明るい典雅な美の背後にある暗いもの、憂鬱なものの正体に触れたような気がした。それは「真夏の花の盛りにいて、すでに死をはっきり予感している憂鬱」であった。

ギリシアの墓碑には死者の国へ旅立ってゆく者が、生前愛した人々、愛好したものと別れを告げる場面が彫られている。そこには告別への慟哭はなく、ただ無限に静かな透明な悲しみがあるだけだ。春の暮方、花の散るのを見るような、甘やかな憂愁が濃く漂っているのである。

私はこれらの墓碑の持つ悲しみから、逆に、古代ギリシア人がいかにこの生に深く憧れたかがわかるような気がした。それは、太陽や微風や海の青さや木々や家を、なにか地上の奇蹟のように感じて愛していた人々の、痛ましいこの世への告別の眼《まな》ざしなのであった。

（アテネ美術館蔵）

レスボスの女たち

ギリシア本土の美術館をはじめ西欧各都市の美術館に展示されるギリシアの壺の数はどの位あるだろう。前十世紀の幾何学文様の壺から四世紀の末期レキトスに至るまで、なんと多様な型の壺、多様な壺絵が制作されたものかと、ただただ感嘆するほかない。

前六世紀の黒絵式（黒像式）の壺絵、前五世紀の赤絵式（黒地に赤像式）の壺絵には、古典期彫刻や神殿を支配するのと同じ美感が溢れている。黒像の細部を描く刻線は知的で繊細であり、まるでピカソの冷たく、しなやかなデッサンを見るようだし、赤像の表情や衣服のひだ、筋肉のすじを表わす描線は、ひたすら優雅で甘美なのである。

壺絵の主題は神話やホメロスの諸場面から日常生活の細部にまで及んでいる。ギリシア絵画のほとんど残されていない現在、それは貴重な絵画形式による古代ギリシアの反映である。


（フィレンツェ考古学博物館蔵）

サンダルをぬぐ勝利の女神

パルテノンのフリーズがギリシア古典美の絶頂であるとすると、パルテノンの丘の入口にあるニケ神殿の欄干浮彫りである「サンダルをぬぐ勝利の女神（ニケ）」は、その絶頂をわずかに越して、円熟期後期の自在さと爛熟を感じさせる作品である。

私がギリシアの典雅な美に陶酔するなかで出会ったこの女神の、薄衣を通して浮き上がってくる豊満な肉体の美しさは、「甘美なもの」の本質が、ひたすら官能的な、エロース的根源から生れてくることを示していた。

薄衣のひだの豊かな軽やかな流れに包まれた、サンダルをぬごうと片足をあげた女の、不安定な姿勢が、見る者の心に、たえず動きつづける女体という悩ましい映像を呼びおこす。私はこの女神の官能的な美しさを考えるとき、トーマス・マンが言った「美とは官能的なものを通って精神に至る道だ」という言葉を思いだす。どのような芸術作品も、その根をかかるエロース的な領域にのばさないものは、やはりわれわれの魂に深いよろこびを与えないように思われる

（アクロポリス美術館蔵）

デルポイのアテナ神殿トロース

私はギリシアの旅のあいだ、不毛な乾いたギリシアの大地と、優美典雅な古代神殿の対比に、しばしば驚かされた。草木一つない巨大なパルナッス山を見たとき、古代ギリシア人の神秘感と合理性が同時に理解できたような気がした。青い空の下にすべてがあらわであった。影一つなかった。しかしその風景の奥に、なにか暗いものが漂っていたのだった。

古代のギリシア神殿は、そうしたなかに、そこだけ特別に、静かな、崇高な空間を区切って建っているのであった。私は、コリントスの岩山や、オリンピアの松林のなかで、神々の通過した痕跡を、はっきり見たように思った。

とくにデルポイのアポロン神殿や、その谷間のオリーブ林の中のアテナ女神の円形聖所（トロース）を見たとき、私は古代の憂愁が心を横切るのを痛いように感じた。夏の

夕空を区切る三本の柱は私に「永遠」とは何であるかを教えていた。

シナゴーグ像頭部

古代ギリシアのあと、私に「甘美なもの」を与えたのは、剛毅なローマ美術でもなく、また怪奇、幻想に富むロマネスク美術でもなく、完成期のゴシック彫刻であった。フランス、ドイツの北部都市の暗い曇り空に高い尖塔をのばしているゴシックのカテドラルは、正面、側面の入口をキリスト受難図や聖者伝で飾っている。

私ははじめてストラスブールやバンベルグで、これらゴシック形式の禁欲的なまでに均衡のとれた、端正な古典的彫刻を見いだしたとき、そこに、古代ギリシアとは別個の原理にもとづく「甘美なもの」の表出に打たれたのだった。

そこにはなによりも静かな充実と、気品ある謙譲が表わされていた。これ見よがしの激情もなければ、稚拙な素朴さへの自己陶酔もなかった。完璧な技巧と鋭い観察と透徹した叡智が、ひたすら形体の輪郭の内部へつつましく身をひそめようと努めているのであった。私は古代ギリシアのあと、人間の魂が、このような高みに達したのに、酩酊感に似たよろこびを味わったのだった。

（ストラスブールのカテドラルの彫刻）

ラッパを吹く第一の天使

パリの国立図書館や大英博物館などで眼にする中世写本の美しさは、それが多く修道院の奥で、時間をこえた修道士たちの営みによって制作されたものだけに、世俗の書物と異なる雰囲気を湛えている。極彩色の細密画で描かれた挿画のほか、本文の大文字などを美しい図形に変形し、蔓草や星形で囲んだりしている。

時代、地方によって好みも様式も違うが、私はなぜか十三世紀ゴシックの明るい簡素な写本挿絵に強い喜びの感情を味わった。それは初期写本の素朴さ、奔放さでもなく、また末期の華麗な写実でもない。いわばおどけた、微笑をさそう、たのしげな気分が、のびのびした巧みな描線によって描きだされているのである。壁掛け（タペストリー）にもこれに似たギニョール人形のような、眼の大きい人物を織りだしたものをチューリヒ美術館で見たことがある。そこにはやさしいほほ笑みがある。それらの一つがドゥース・アポカリプス（優しい黙示録）と呼ばれるのも理由のあることなのだ。

（ボードレイアン図書館蔵）

ボッティチェルリ「春」

ゴシック後期にヨーロッパ全般にひろがる優美なゴシック国際様式を「甘美なもの」

に数えることは不当ではない。しかしそれが優艶華美な抒情にのめりこみ、装飾性、意匠性の中に溺れてゆくとき、私の情感を鮮明に区切る陶酔も、また薄れてゆかざるを得ないのである。それが単に様式の退潮期の作品であるだけでなく、美意識が自己の情感に媚びながら自己陶酔的に外部へ流れだす場合、それは、自己だけに閉じこもっているため、私たちのなかに、激しく呼びかける声を失っているからだ。

ルネサンス芸術はまずこうした真正な呼びかけの恢復から始まった。しかしその多くの作品のなかで私はボッティチェルリに古代の憂愁と等しい「甘美なもの」を見たのである。私を創作衝動に駆りたてる、あのエロース的根底に根ざしたものが、そこに動いていたのであった。このあとフェルメール、シャルダン、そしてピカソがこの「甘美なもの」の系譜をつぐ作家として私の前に現われた。ギリシア旅行のあと私がはじめて創作にむかったとき、私をとり囲んでいたのは、ギリシアの思い出とともに、これら「甘美なもの」の系譜をつぐ画家たちなのであった。

（ウフィッツィ美術館蔵）

アッシリアの眼

アッシリアやペルシアなど古代西アジアの彫刻や浮彫りの持つ強烈な迫力、熱っぽい執拗な迫真性、圧倒的な質量感は、いったい何によって生れるのか──私はパリ滞在当時、ルーヴル美術館を訪れるたびに、しばしばそう自問せずにはいられなかった。

そこにはいかにも砂漠の戦士民族らしい、乾いた、容赦ない、血走った眼がとらえた堅固な造型性が働いていた。ナイル河畔の神秘的な農耕民の植物的な優雅な抽象性などとはまったく質を異にした、男性的な、息苦しい、精妙なリアリズムなのであった。

たしかにそれはまぎれもなく偉大な様式を持つ芸術作品には違いなかった。しかしルーヴル東隅の長い陳列廊を埋める西アジアの作品群のなかをぬけて、古代ギリシアの彫刻の前に出ると、私は、つねに、心の奥で、ほっとした気持になるのだった。

それは何も西アジアの古代彫刻が厳正で、威圧的であり、量的にも巨大だというばかりでなく、明らかに作品を支えている原理が違っているからであった。アッシリアやペルシアの芸術には、人間をこえた、超絶的な何かが、その硬質なリアリズムを通して表現されているのに対して、古代ギリシアの基準はつねに人間なのであった。

古代西アジアの彫刻、浮彫の主題は王者たちの狩猟であり、精悍な動物たちの姿態である。それがたとえ空想的な有翼獣の姿であっても、その四股の筋肉や血管、胴体のふくらみなどは、不気味なまでの迫真力をもって彫られている。そして彼らが人間を浮彫に描きだすとき、あくまで動物を苛酷なリアリズムで眺めた眼によって見る。だが奇妙なことに、人間は動物ほど迫真的に表現されていないのである。

というのは、ここを支配するのは、人間をこえた超絶的な原理であり、人間もそれに従わなければならないからなのだ。たとえば王侯狩猟図などで王者は一般人民と違って、一段と大きく表現されている。古代芸術によく見るこの方法は、「身体秩序律（イエラルシー・ド・タイユ）」と呼んで、身分の高さを、その身体の大小によって現わす手段だが、それは一見厳しいリアリズムに従っているようなこれら彫刻、浮彫りが、やはり「観念」を表現する芸術であることを教えてくれる。小人国にいったガリヴァーのように、小さな人民のなかに一人だけ際立って巨大な王者が立っている図は「王者の偉大さ」という観念を表わす意図以外の何ものでもないのである。

したがって動物表現に見られるリアリズムも、一見現実を模写したように思われるが、決してそうではなく、これも彼らが幾多の狩猟経験のなかで知覚し思念した動物の神性に対する、フェティシズム的畏怖の表現なのである。私がルーヴルで感じた息苦しさは、まさしくこうした超絶的な、乾いた畏怖感が、空間に充満しているためだったのだ。

ギリシアでは、むしろかかる超自然の畏怖感との戦いが主題となる。半獣半人と人間との闘争図が多いのもその一例である。それは、まさに、こうした暗い強烈な畏怖のなかから、人間が生れでてくる苦闘を表現したものだった。

ギリシアの古典期の彫刻、甕絵などに見られる静かな、均整のとれた、美しい人間の姿は、その背後に、こうした暗い陰惨な記憶を秘めている。それら作品が表わすのはギリシア人がはじめて「人間」を自覚した瞬間の喜びであり、自己陶酔であり、自己への讃歌である。微笑する少女、誇らかな女神たち、凜々しい男性像は、ありのままのコピーではなく、こうした人間に関する「観念」を表現しているのである。

現代人にとって観念とは各人の頭のなかに考えられたことで、その時々の情勢で変わる、実体なきものと見られている。しかし古代においては「観念」は実在しており、それがこうした具体物を通して現われている。古代東方であれギリシアであれ、その芸術が力に満ちているのは、その筋目、ひだの端々まで、「観念」の表現に捧げられているからである。こんど展示される古代作品（「古代オリエント・ギリシャ展」）の圧倒的な美しさの前に立って、人間存在を支配した「観念」のあり方を追想してみることは、現代の焦燥と衰弱に何か大きな生命力を吹きこんでくれるのではあるまいか。

ポンペイ幻想

ナポリ湾の青い波と、紫色のヴェスヴィオの山肌を緑に覆う葡萄の葉群を見はるかす古いギリシアの植民市。円形劇場と神殿と広場をめぐって大理石の彫像がまぶしい南国の陽を浴びるローマ帝国の商業と別墅《べっしょ》の町。その天の火に焼きほろぼされた類似からソドムとゴモラに擬せられる逸楽と繁栄の町。判読されたパピルスの炭化断片がエピクロス派の哲学を語り、骸骨の浮彫りにした銀盃に〈骨にならぬうち、人生をたのしめよ〉と刻みこんだ人々の住んでいた町。かつてありし日の姿をそのままに、痛ましく、なまなましく、劇的に出現する稀有の廃墟。ヴィンケルマンを、ゲーテを、ハミルトン夫人とネルソンを、ナポレオンの妹カロリーヌを、その発掘史の背景に華やかにあわただしく綴りながら二千年の眠りをつづける考古学遺跡——ポンペイ。

そのポンペイをめぐる人間のドラマを、息もつかせぬ興味と、抑制された叙述でえがきだしたのが、コルティの『ポンペイ』である。ふつう私たちの親しむ考古学書は、ウルの王陵の発見とか、ツタンカーメン発掘とか、あるいはヒエログリフ、楔形文字の解読とか、のように、考古学者の冒険と知恵、未知の世界への探索を主としたものか、またたは、廃墟遺跡の考古学的な叙述、その史的意義の解明、文明史的な展望を目的としたものが多い。前者がスリルに富んだ知的冒険に私たちをさそうとすれば、後者は考古学から歴史への道を読者にさし示している。

ところでポンペイは一つの陵墓のように遺品から過去を再現する遺跡とも異なるし、また突如として考古学者の前にあらわれた廃墟とも違う。ヘルクフネウムとともに、災害に見舞われた時代から、多くの人々によって、徐々に掘りおこされていった都市である。しかもその大噴火による惨事が、パン竈のなかでパンがやかれ、犬たちは鎖につながれ、囚人たちは地下牢にとどまり、市民たちはあるいは抱きあい、あるいは財宝を抱え、あるいは寝椅子のうえで体をのばしている瞬間を、永遠に固定したという点で、まったく異質の、特異な性格をもっている。じじつこうしたなまなましさは過度に想像力を刺戟しやすいし、またヴィンケルマンによって鼓吹された古代趣味と好奇心が人々をポンペイにひきつけて以来の歴史も古い。したがってこれを冷静に叙述すればやや煩雑にすぎる平面的な展開になるだろうし、また抑制を欠けば、容易に悪しき〈文学趣味〉にとらわれることになるだろう。

史伝作家であるコルティの筆は、一種の軽妙な客観性を帯びている。淡々とした叙述のなかに、巧みに効果が仕組まれ、立体的にえがかれた挿話がいきていて、本書にある詩的品位をあたえているように思われる。

著者は七九年の大惨事を中心におき、その前半を、多くの資料から構成されたポンペイの成立史と、そのありし日の姿にあてている。とくに、ヴェスヴィオの大噴火の八月二十四日にむかって徐々に高まる不安と緊張をおりこんだ、眼に見えるような市民たちの生活の細部、災害と混乱と悲劇の叙述は見事である。

後半はポンペイ発掘をめぐる王侯貴族、学者たちの浮沈、変遷をえがいているが、そこにはおのずと廃墟のうえを流れてゆく人間の歴史のあわただしさが浮きぼりになっている。いわばかりにポンペイと名づける一都市を鏡として、そこにうつる人間の哀歓と宿命をつづった一篇の物語、という印象を私は受けた。おそらくこれはポンペイという古代都市を主人公とする小説とも見なしえよう。災害から人々を救おうとして倒れるプリーニウスをはじめ第二次大戦の戦火から遺跡をまもろうと努力するマイウリ教授の姿にいたるまで、むしろそれは一連の短篇、悲劇、人間喜劇を読んでいるような気持にさそう。この著者の他の史伝物は知らないが、おそらく食後の上等なコニャックに似た味わいをもっているにちがいない。すくなくとも『ポンペイ』をよみながら感じたのはそういう愉しみだった。

廃墟の教えるもの

昨年（一九七五年）は何となく旅に明け暮れした年だった。一月にインド、三、四月に北アフリカ、そして夏から秋にかけてフランス、ドイツ、イタリアと、何かを追い求めるような日々がつづいた。

もちろん何を求めているか、自分でも、はっきりした意識はなく、ただ無性に廃墟のなかに立ってみたいという気持だけがあった。

インドではカジュラホの廃墟のなかで、エロティックな浮彫りで飾られたヒンドゥー寺院が、灼熱の太陽に照らされるのを見たし、北アフリカでは、古代ローマの都市廃墟が荒々しい風に鞭打たれているのを、まるで物語を読むような気持で眺めた。

夏の旅行ではローマ郊外のオスティアと、ナポリ郊外のポンペイがこうした廃墟めぐりに加えられた。その他ローマの地下墓窟《カタコンベ》を見てまわったことも、廃墟への旅に数えてもいいかもしれない。

私は何度かこうした巨大な廃墟に立つうち、何となく自分が求めていたものの姿が、おぼろげながら、わかってくるような気がした。たとえばアルジェリアの奥地にある古代ローマのティムガドを歩いているとき、図書館だったという半円形の遺構を見たが、私はその瞬間、数本の円柱のほか、何一つないその空間に、無数の本がひしめいている様を見るように思った。そこにはプラトンもあれば、ギリシア悲劇もあり、ローマ盛時の文人たちの著作がぎっしり並んでいて、机の前では白い寛衣を着た人々が、時間を忘れたように、そうした本に読みふけっていた。

もちろん廃墟には本もなければ、人がいたという痕跡すらなかった。風だけが崩れた円柱に音をたてているだけだった。

ポンペイの場合は、観光化されていて、ティムガドやジュミラほどの孤独感、寂寥感はなかったが、暑い太陽に灼《や》かれた死都のなかをぞろぞろ歩く団体客を見ると、それはそれで、かえって死したものの虚しさを際立てているような感じがした。

ポンペイは他の都市廃墟とちがって、火山の灰に埋まっていたために、ローマ頽唐期の壁画、彫刻、生活道具などが残っているために、想像以上に、なまなましい人間臭がこびりついている。たとえばビッティの家と呼ばれる遺構に残されたエロティックな壁画などは、インドの場合とは違って、そこに立ちこめる男女の肉体の匂いが残っているような気がした。

ちょうどポンペィの未調査地区で発掘を進めていた青柳正規氏に会って、大甕のなかに残っている穀物などを見せてもらったが、これは実際に発芽するということだった。

しかしどうあがいてみても、この生臭い都市が死んでいる事実には変わりがなかった。写真でよく見た、逃げおくれた人たちの死の苦悶を象る石膏を、あらためて現場で見ると、この繁栄し頽廃した都市が、いかにその繁栄のさなかに、あわただしく生命を断たれたかが、なまなましく実感されるのであった。

こうした廃墟から立ちのぼってくる人間のむなしさにつき合っているうち、私は、いつか、それを越えた永遠の時の流れを自分が味わっているのを感じた。もちろんその永遠は現代のわれわれをも越えて流れており、一種虚無に似た思いとも言えた。

私は、そうした虚無を、インドでも北アフリカでも強烈に感じていたが、それは、だからと言って、決して私を絶望させ、意気沮喪《そそう》させるものではなかった。むしろ私は廃墟の持つ激しい拒否の身ぶり——時間がすべてを無にしてしまうという実感——を味わったあと、かえって自分が現実の生をいっそう集中し、濃密に生きようとしているのを感じた。

私が廃墟に立ちたいと思っていたのは、こうした無を先取することによって、逆に

〈生きること〉をはっきり摑むためであったことが、そうした旅のあいだに、徐々に自覚されてきたのであった。

去年の夏はパリも暑く、三十五度という記録をつくった。かつては背広を着て夏をすごせたこの町でも、東京なみにクーラーでもなければ暮らせないか、と思ったが、ひとり気候だけではなく、高層ビルの並ぶ都市の外観も、ポルノ映画の並ぶ繁華街も、昔の落着いたシックなパリではなくなっていた。

変化は大都市だけではなく、シラクサのような古い小都市にも起こっていた。夏に再訪したシラクサ近郊の石油コンビナートは、十五年昔の風景を知る者には嘆きの種以外ではありえなかった。

本来なら、そういう変化に絶望に似た思いを持つはずだが、廃墟を見た眼には、むしろ、それを朗らかに受け入れる余裕が生まれていた。廃墟は私に人間の仕事には終わりがあることを教えていた。おそらく人間が勇気と希望をつかむのは、逆説のようだが、真の終わりを知ることによってではないか――ポンペイの石だたみを歩きながら私はそう思いつづけていた。

地中海幻想

私がはじめて地中海を見たのは、三十日余の印度洋回りの船旅のあとのことであった。スエズ運河まで、まだアフリカ、アラビアの暑熱がつづいていたのに、翌朝、目を覚ますと、空気は急に冷え、舷窓から見える地中海は暗澹として、うねりが高く、波頭が荒々しく白く砕けていた。

夕刻近くキプロス島の沖を通ったが、結局濃く海上に垂れた雲のために、キプロスはおろか、ギリシアの島々を見ることはできなかった。ただその暗い海が、黒ずんだ青のなかに不思議と赤紫を感じさせ、これがホメロスのいう葡萄酒色の海なのかと思ったのだった。

私が青い微笑するような地中海を見たのは、その翌年、一夏、ニースの友人の家で暮したときであった。私はその夏の記憶に基づいて、のちに、一つの短篇を書いたが、そのなかでは、真夏の眩しい雲や、海からアーケードの下に吹きこむ風や、成熟した若い女たちが、その地中海の青さとともに、その作品世界の基本語彙になっていた。

　その翌年、ブリンディジから船でギリシアにいったとき、私は地中海の青い、甘美な、和やかな波を、心ゆくまで味わった。その青さは、あくまで明るい、甘やかな青で、こちらの魂まで青く染めあげられそうだった。その夏のギリシアの旅の途中、コリントスの浜辺で、女友達の一人が沖から泳いで帰りついたとき、真実、アフロディーテが波から上ってくるのを見るような気がした。私は彼女の日に焦げた健康な肌や、形のいい豊かな胸や、清らかにのびた四肢を、まぶしい、優美な、この世ならぬもののように眺めた。そこでは官能的なものが純化されて、肉的なものの蠱惑《こわく》が透明な美の輪郭に移されているのを感じた。私は彼女の足もとにひたひた寄る波を見て、その底の砂まで見える、透明な、無機質な感じの地中海の水も、彼女と同じように、地上の濁った曖昧なものを、すべて消し去っているように思えた。それは、いかにも、具体物を純粋な思念の形にかえたギリシアの風土に似つかわしい感じだ、と思ったのだった。

　私はギリシアの旅のあいだ、何度か、こうした啓示に似た瞬間を味わったが、それはいずれも、地上の肉的な甘美な愉悦が、精神のプリズムを通して、明確な形態のなかに移され、そこではじめて人間の真の所有になりうることを示しているような気がした。

　私はギリシアの島々をめぐり、小さな島の眩しい白い壁の民家に泊って、一夏をすごす計画をたてながら、最初のフランス滞在のあいだにも、二度目のときにも、実現することができなかった。そうしたギリシアの島住いを夢みるとき、つねに私の前に浮ぶのは、なぜか眩しい強烈な太陽に照らされた、青い地中海なのであった。そのギリシアの島にあるすべては、地中海の夥《おびただ》しい青のなかに象嵌されていた。褐色の屋根も、白壁の家も、海辺に干された網も、皺の多い、眼の窪んだ老人も、風の吹き通る神殿廃墟も、曲りくねった石の多い道も、濃い木かげで耳を動かしている驢馬《ろば》も、すべて背景に、目の高さより高い地中海の青い水平線を持っているのだった……。

この地中海の青さ——夥しい青さとでも形容すべきこの色彩——を真に味わったのは、その次の年、南仏セートの海辺の墓地に佇んだ折であった。私はその日、早朝、海からのぼってくる太陽の光に、ばら色に染めだされた墓石の群の、童話的な幻想の趣にしばし恍惚の思いを味わった。

次に行ったのは、真昼の太陽の輝いているときであった。墓地はすでに早暁のばら色の幻想をうしなって、暑い、むっとする、松の匂いの流れるありきたりの墓地に変っていた。しかしその白い墓石の群をかこんで、青い空と青い海が、ひしと取りかこんでいた。太陽の光は過剰な宝石を打ちくだいたように、青い海のうえできらきら輝き、閉じた瞼の裏でも、白いかげろうになってゆらめきつづけた。

この海は古代世界唯一の回廊だった。古代諸文明の十字路だった。つまりこれこそが海の原型となったものだった。この地中海こそは、そうした様々な眼《まな》ざしの中で永遠なる海に達していたものだった。ヴァレリが『海辺の墓地』でうたったのは、この永遠の海に達した地中海的精神の形姿にほかならなかった。ひたすら凝視されて、神々の静けさに達していた海の青さ――それこそが地中海の精神形式にほかならなかった。

私が地中海を最後に通ったのは、フランス滞在を切りあげ、マルセイユから船でたったときだった。しかしその日は、往路と同じように、海は暗く、雨が横なぐりに降っていた。

私はそんな海を見ながら、地中海の天候の変り易さを歌った古代の詩が、どこかにあったことを、ふと考えたりした。

カルタゴの白い石

パリを出るときはまだ外套が必要だったし、飛行機がマシフ・サントラル（中央山岳地帯）を飛んでいるとき、山々はまっ白に雪をかぶっていた。しかし青い平坦な地中海を越え、北アフリカの海岸線が白く光りだすと、さすがに、もう豊かなみどりが拡がっていた。

私が北アフリカの古代ローマ遺跡を訪ねようと思ったのは、ローマ皇帝ユリアヌスの生涯を扱った小説を準備している頃であった。しかし当時は、独立して間もないアルジェリアの治安が心配されたし、北アフリカにゆく前にヨーロッパ側にまだ訪ねるべき遺跡が多かった。ユリアヌス自身がパリ（ルテチア）に宮殿を築き、ガリアの統治に専念しただけに、ローマ帝国の北方辺境に当るライン河畔の遺跡のほうが、資料的に重要な意味を持っていた。

地中海沿いの主要な場所としてはイスタンブールに寄っただけで、皇帝ユリアヌスの幼少時の背景となるニコメディアも、またキリスト教徒弾圧の舞台となるアンティオキアも、ユリアヌスの倒れるシリア砂漠も、ついに見ないままに、作品を書きおえたのであった。

その意味では、北アフリカへの旅は、いわば時効になった旅行であった。私は時おり、想像力だけで書いた作品の背景となる土地へ、後から訪ねてゆくような羽目になるが、こんどの旅も、そんな気味がなくもなかった。

しかし同時に、それとは別の衝動が、私を北アフリカの古代遺跡に向わせているのも事実だった。それを出発前に明確に言いあてることができなかったが、強いて言えば、地中海の断崖の上や、アルジェリアの谷間の奥に見すてられた古代都市の廃墟に立って、ひたすら風に吹かれていたい——そんな気持に近かった。

もちろんアルジェリアはカミュの文学をふちどる青空と眩しい夏の光と白い海岸線を私に思い描かせていた。また、映画「望郷」の一シーンや、「アルジェの戦い」の強烈な映像を、私が、その北アフリカの旅と重ねていたのも事実であった。

アルジェは、港をかこむ急斜面の山を白壁に赤褐色の屋根の家々が埋めつくした美しい都市だった。海岸通りには並木や遊歩道がつづき、フランス植民地時代の宏壮な建物が並んでいた。町は急斜面に立っているため、どこにゆくにも階段を上るか、坂道を通るしかなかった。ちょうど三月終りの復活祭の休みに入っていて、町は若い男女や旅行者で賑わい、祭りの日のようなはしゃいだ気分があった。ホテルは植民地時代にカジノがあった建物で、天井が高く、秘密めいていて、薄暗い空虚なホールから、青い顔をした男や、高笑いをしている女が現われてきそうだった。

町には棕櫚の並木などがあったが、気候は日本と同じだった。それに春は北アフリカの雨季に当っていた。翌日、ティパザに向おうとすると雨が降りはじめた。ティパザはアルジェから車で三時間ほどの、断崖から地中海をのぞむローマ遺跡で、巨大なキリスト教会の遺構の所在地としても知られている。

雨の降る地中海ぞいの道は、瀬戸内海あたりを走っているのと変りなかった。オレンジ畑、オリーブ畑、野菜畑がつづき、丘が切れると海が黒ずんで見えた。

夏のシーズンには海水浴客で賑わうティパザの町から、ローマ遺跡は目と鼻の間にある。松や柏に囲まれた、赤褐色の石の神殿や柱廊が、海を背景に開け、断崖の下には波が白く砕けていた。

ティパザの中心から五百メートルほど離れたキリスト教墓地は、潮風のまともに吹きつける丘の上にあり、白や黄の花の咲き乱れる草地に無数の石棺がひしめいていた。そのほとんどが、石を四角く切りだした無装飾のものだったが、なかには、はっきりキリスト教のしるしであるPとXのモノグラムや十字架を刻んだ石棺が見わけられた。雨に石の色が変っている。

ティパザの教会堂遺構は五十メートルの断崖に身体をのりだすようにして建てられた九廊式の建物で、広大な土台と五本のアーチ状の柱が残っているにすぎない。しかし断崖にそそり立つ後陣《アプシス》の遺構は堂々としていて、盛時の姿が眼に浮ぶ。

古代ローマとキリスト教――それは『背教者ユリアヌス』のなかの主題の一つだったが、異教神殿を威圧するような場所をえらんだ教会側の一種の政治性ははっきりと感じられた。北アフリカ一帯は初期キリスト教会のなかの過激派ドナティストの多かった地方である。それには信仰の激しさとともに党派性の激しさも伴っていた。

たしかに信仰であれ、思想であれ、それが〈この世〉で存在権を得るためには、この種の〈党派性〉を必要とする。しかし信仰なり思想なりは、各人の自由な参加によって初めてそれが光となる。本来、信仰や思想には強制はあってはならず、したがって〈党派性〉はありえないはずなのだ。この矛盾は現在までつづいていて、なお、なまなましい傷痕をさらしていまいか。信仰、思想の〈自由〉と〈党派性〉は永遠に解決しえない問題なのか――私は、そんなことを考えながら、遺跡のなかを歩いていると、アルジェリアの青年が、いきなり「あなたは鞄を忘れてきはしませんか」と訊ねたのだった。

双眼鏡や手帖、フィルムなどを入れた鞄を私はいつか教会遺構のどこかに忘れていた。私は青年と一緒にその場所に戻ったが、鞄のなかにあったものは大半なくなっていた。

「さっき子供がこの辺で遊んでいたぜ」

私たちのまわりに十二、三人の若い男女が集ってきた。青年は子供たちが逃げた方向に駆けてゆき、しばらくして泥まみれの双眼鏡や手帖を手にして戻ってきた。

「悪気はなかったんですよ。ほんのいたずらです。アルジェリアじゃ盗みなんてありませんよ」

青年はほっとした表情で言った。私は彼に礼を言った。

「じゃ、ひとつ、みんなでアルジェリア万歳を言おうじゃないか。あんたも言ってくれますか」

別の青年が言った。私は十二、三人の若者たちとアルジェリア万歳を唱えて、彼らの一人一人と手を握った。

四、五年前まで治安が悪く、奥地にゆくには憲兵が車に同乗するという話を聞いていたが、そんな気配はまったくなかった。若者たちはアラブ語を喋り、学校もアラブ語で教育し、フランス語は第一外国語になっているという。彼らはフランス語を喋ることは喋る。しかし書くと初歩的な誤りが目立った。一般にフランスを嫌悪する気分は濃いよ

あった。

帰りに運転手がそう言った。その後、いたるところで私は黒衣の婦人たちを見たので
「フランスから独立するために二百万の同胞が死んだのです」
うに見えた。

私は『背教者ユリアヌス』のなかで何度か北アフリカのことを「ローマ帝国の穀倉」と書いたが、私がかつてちらと見たエジプトの印象では、熱風の吹く砂漠地帯と、らくだを曳いてゆく男と、四角い白壁の家だけで、到底「ローマの穀倉」という感じではなかった。私は単純に北アフリカは古代には豊饒な土地だったが、次第に砂漠化したのだろうと思っていた。

しかし私が旅をつづけて、アルジェからセティフにゆき、セティフから美しいジェミラの遺跡を経てコンスタンティーヌにゆくにつれて、こうした考えがいかに間違っていたかを理解した。

はじめ私が汽車でセティフまでゆく間、巨大なジュルジュラ山脈は雪で覆われていたし、谷間は乾いた荒地もあったが、ほとんどが耕地だった。高原状のコンスタンティーヌに近づくと、耕地はトラクターで耕され、一面の麦畑であった。

さらにコンスタンティーヌから南に百二十キロほど下ると、有名なティムガドの遺跡がある。この辺りの耕地は、畑と畑の間の区切りがなく、見渡すかぎり林も森もなかった。ただゆっくり起伏する大地が麦畑に覆われて地の涯までつづいていた。それはまるで途方もなく巨大なゴルフ場でも見ているようであった。大地は肥沃だった。起伏する丘の上に、雲の影がのろのろと匐ってゆく。それはいかにも広大な眺めであったが、ほんの北アフリカの一部にすぎなかった。ローマの穀倉は野を越え、丘を越えて、なお遥かに連なっているのだった。

私はそのとき初めて「ローマの穀倉」という言葉の意味がわかったように思った。北アフリカの小麦の収穫高がローマ帝国の小麦価格を支配したというのは真実だったに違いない。

コンスタンティーヌは仏領時代に一種の避暑地、行楽地として栄えた町だという。深く細く侵食された、廊下状の谷間をのぞきこむようにして、古い白壁の民家が段々状に迫り上っていて、高いテラス状の一帯にフランス式の建物がひしめいている。

パリ時代のフィッツジェラルドがゼルダと娘スコッティを連れてこのコンスタンティーヌに来ているのも、時代の流行を感じさせる。ホテルの重苦しい飾りも、古めいた廊下も、植民地時代の栄華を偲ばせる。ベル・エポック風の服装をしたフィッツジェラルドに、つい、町角で行き交いそうになる気分を、この町は持っていた。

　ジェミラと並んで、私の心を惹きつけていたローマ遺跡ティムガドは、コンスタンティーヌから高原状の涯ない麦畑を越えた、その遥か彼方に横たわっていた。地平線には青い山脈が低く連なっていた。ある本ではティムガドはローマ軍駐屯地と記されていたし、アフリカの内陸へ深く入りこんだ場所でもあるし、私は大した町を想像していなかった。

　しかし東西に碁盤状に区切られた街区は整然として、長いほうのメイン・ストリートは歩いて三十分はかかる。畳半分ほどの厚い石を敷きつめた道路には、ところどころに、丸いふたがついていたがそれは下水道のマンホールなのであった。むろん側溝も完備していた。中央に行政官署の並ぶフォールム、カピトール神殿、円形劇場があり、南北の町の入口に巨大な浴場がある。

　どのローマ遺跡にもキリスト教公認以後にできたキリスト教徒の住宅街が、町のはずれにある。ティムガドのキリスト教会は町から五百メートルほど離れた小高い丘の上に建てられ、現在は洗礼盤を保存するための建物がぽつんと見えるだけだ。

　草地のなかに羊たちが群れて草を食《は》んでいる。その鈴の音を聞きながら、丘の上の教会遺構を私は眺めていた。そこは北アフリカでも有数の過激派ドナティストたちの教会だった。

教会から丘を下りて町に入ると、壮麗な都門が建っている。門の下を通るメイン・ストリートの敷石が、馬車の車輪のために、深く磨りへって窪んでいた。私は思わずしゃがみこんで、その硬い石の窪みを手で触ってみた。車輪のあとは、敷石に窪みをつけて二すじ長く町の中央までつづいていた。

一体どれだけの車が音をたててこの都門の下を走りぬけていったことであろう。その石が深く窪むまで、どれだけの年月が、このティムガドの町の上を流れたであろう。いや、それよりも、この町を最後に離れた人がいたはずであり、それはヴァンダルが侵入したときか、あるいは、もっと後代だったかもしれないが、ともあれ、その最後のローマ人は、そのとき、この町の上を流れていったすべての時間を眺めたに違いないのだ。

それ以後、確実に千二百年は過ぎている。私は遺跡の柱廊や、崩れた石垣に音をたてている風の声を聞きながら、人間は何をなし、どこへ消えたのかを考えた。広大な遺跡には人影は見えなかった。変幻する雲が、大地の向うから湧き上り、頭の上を越えて、地の涯に消えていった。

フォールムの近くに半円形の図書館の跡があった。柱と柱の間が龕《がん》のように窪んでいて、そこに書棚があり、読書机が置かれていたに違いない。すでに、ここではホメロスが読まれ、悲劇が筆写され、ホラティウスやキケロが読まれていたのだ。おそらく穀倉へ運びこむ小麦袋を積んだ馬車が、がらがら外を走るのを聞きながら、一人の男が寛容や自由について、ここで瞑想していたに違いないのだ。だが、彼らはいまどこにいるのか——私は、虚無の底から響いてくるような風の音を聞きながら、そう考えた。

「こんなにはかない人間にとって永遠とは何なのか」

私は何度か、神殿や円形劇場や民家の廃墟が、そう問いつめているような気がした。

旅の最後の日、私はテュニス郊外のカルタゴに出かけた。奥地の赤褐色の乾いた遺跡の石を見なれた眼には、みどりの草の覆う低い丘の上に拡がるカルタゴの廃墟の白い石は、青い地中海を背景に眼ざめるように冴えて美しかった。そこには奥地の遺跡の持つ荒々しい、孤独な趣はなく、糸杉をめぐらした白い贅沢なヴィラに囲まれていて、往時のローマとの死闘を物語るものは何もなかった。

ただ一つ海辺に礎石だけの残る聖キプリアヌス教会が私の心を惹いた。かつてアウグスティヌスの母モニカが息子のために祈ったのがこの教会だったと言い伝えられていたからであった。もちろんその海辺で、私は寛容にも自由にも永遠にも何一つ解答は出せなかったが、それにもかかわらずそこを吹く風は明るく、爽やかだった。そこでは人間のはかなさが、何か恩寵ででもあるように、大きな息吹きが流れているような感じがした。私はまるで解答の一歩手前にいるような気持で、海からの風のなかに立っていたのであった。

友をもつこと

今年（一九七六年）の夏から秋にかけて私はギリシアからユーゴスラヴィアへかけて三週間ほどの旅をした。マケドニア、セルビアの山のなかにある古い教会を訪ね、そこに残る見事な壁画を見るためであった。私はレンタカーで一日二百五十キロ近く走った。その揚句、ベオグラードからパリへ戻ってくると、ホテルに「北さんが待っているから、すぐ連絡のこと」というメッセージが届いていた。

北杜夫がスペイン、北アフリカの旅をして、途中パリを経由するということは、もちろん夏前に私は知っていた。しかし私のほうはギリシアもユーゴもまったく予定のたたない旅だった。ホテルも行きあたりばったりで決めてゆこうということにしていた。そのためこんどはパリですれ違いになるだろうと私は半ば諦めていた。

ただ私はパリに戻る日だけは決めておき、それを画家の福本章氏に告げておいた。北杜夫は福本氏に連絡し、その日にあわせて北アフリカから飛んできてくれたのだった。

「実は明日東京にたつんだ」

電話のむこうで彼はそう言った。

「じゃ今夜だけだね、会えるのは」

「ああ、今夜だけなんだ」

私は受話器を置くと、ノヴィパザールからベオグラードまでかなり無理をして車を走らせてよかったと思った。別にパリに帰る日が決っていたからといって、それに縛られる理由はなかったし、まさか、北杜夫がそれにあわせてパリに来てくれるとは思っていなかった。しかしそれを守ったおかげで私は彼の友情や、楽しい一夜を無にしないですんだのだった。

時間がすでに遅かったので、私は行きつけのル・ドームに席をとるほかなかった。顔見知りの陽気な給仕頭《メーテル・ドテル》が精いっぱいサーヴィスしてくれるなかで私たちは楽しい食事をした。

「ぼくはね、辻とパリで会ったのは、やはり一種の宿命だと思うよ」

北杜夫は、かきに満足し、極上の白葡萄酒に陶然となりながら言った。

「これで、もう何回会っているだろう?」

「五回だよ」

彼は数えもしないでそう答えた。

五回？　そんなに私たちはパリで会っていただろうか——私はそう思って、その一回一回を思いかえした。

最初のときは私がカンパーニュ・プルミエール街の屋根裏のような部屋で小説について考えていたときだった。北杜夫は『どくとるマンボウ航海記』に書くことになる船旅をつづけ、ル・アーヴルからパリまで訪ねてくれたのだった。当時、北杜夫はすでに短篇を書き『幽霊』を出していたが、ほとんど無名に近かった。私などは存在さえしていないようなものだった。

ただ私たちには何か燃えるようなものがあった。北杜夫がドアの前に立っていたときの感動をいまも私はまざまざと思いだす。真実私は、こんなすばらしい友だちがいるのなら、たとえ文学作品を書くことができなくても、自分の生きたことに満足できる、と思ったものだった。

私はその頃作品が書けるとは思っていなかった。

「小説は書かなくても、メモだけは書いておいてよ。辻がのたれ死したら、そのメモだけは出すから」

北杜夫は、そう言って私を励ました。

第二回目は私がカルティエ・ラタンを逃げ出してモンマルトルの盛り場に住んでいたときだった。北杜夫は月ロケットの打上げを見てロンドン経由でパリにやってきた。このときは大へんな躁状態にあって、モンマルトルの丘の途中にある小ぢんまりしたレストランで食事をしていたとき、あまり主人の感じがよかったので、すっかり嬉しくなった北杜夫は主人の手をとり膝をついた。相手はびっくり仰天して、北杜夫の身体を抱きあげるようにして立たせたことがあった。この年はトーマス・マンの墓を訪ねたスイス、オーストリア旅行を挟んでいた。

三回目は『木精』の舞台になったテュービンゲン、ローテンブルグ、リューベック、アールスガルドと旅した年である。このときは逆に北杜夫は陰気で身体の状態もわるかったが、実に意志的に、我慢づよく旅をしていた。

四回目は去年マダガスカルからの帰りで、このときも身体の調子がわるく、パリの夏の暑さがそれに加わって、私のほうも気勢があがらなかった。

しかし私たちはパリで会い、文学について話し、旅の出来事について話しながら、極上の葡萄酒を飲んでいると、どんなに調子がわるいときにも、一種至福感に似た酩酊を覚える。

私は地上における幸福の最大なものの一つは「友を持つこと」と思っているが、パリの日々は何よりも雄弁にそのことを私に語ってくれるようだ。

II　フランスの旅から

25 janv 59

ヨーロッパの汽車旅

この世の愉しみのなかで、私は旅する愉しみをその第一に数える。
酒を飲む愉しみもある。読書の愉しみもある。
友としゃべる愉しみもある。美しいひとと会う愉しみもある。
しかし私にとっては旅にまさる愉しみはない。
それも船旅と汽車旅にまさる愉しみはない。

一九五七年の秋、船でマルセイユに着いて、パリに行く急行列車に乗りこんだとき、私は、幸福感のあまり、自分の身体が、こなごなに破裂してしまうのではないかと思ったほどだった。

マルセイユで上陸の手続きをして、港からサン・シャルル停車場までタクシーで走り、友達に電報を打ち、九時三十分の列車に乗った。広軌のがっしりした、コンパートメントになった列車は、映画でもよく見たものだったが、それに自分が乗り、車窓の外を走ってゆくフランスの田園風景を見ていると、私は、何度も夢を見ているような気持になった。広い耕地と、明るい森と、ゆったりした川と、ポプラの並木、赤い屋根の並ぶ村落、どこにも人間が見当らなかった。印象派の絵にあるような雲が、のどかに森の向うに浮んでいた。

「この世に、こんな幸福な瞬間があるのだろうか」私はフランスの山野を汽車の窓から眺めながら、真実そう思った。広い耕地がつきると、牧草地となり、それが終ると森が現われた。豊かな大地が、波のようにゆるやかな起伏をみせて、地の涯までつづいていた。

当時の時間表を出してみると、マルセイユ発が朝の九時三十分、リオン着が午後二時七分、ディジョン着が四時十二分、終着駅パリが夜の七時三十五分。まだ新幹線のない頃だったので、私はフランス国鉄の急行の速度には驚いた。

私のヨーロッパの最初の汽車旅は、子供がはじめて汽車に乗ったときと同じように、熱烈な感激と幸福感と夢想にみたされていた。私は汽車に乗ると、どんな見慣れた風景でも、眼を離すことができない。いまだに、子供の頃のように、窓ガラスに顔をつけて、飛び走ってゆく野山や町々を見つづけて、飽きることがない。それは日本でも同じである。ましてヨーロッパの汽車旅となると、私は童話の国にはいりこんだような気がする。

スイスの青い湖も、崇高なアルプスの峰々も、イタリアの真夏のはなやかな海岸も、焼けるようなスペインの赤い砂漠も、北欧の憂鬱に澄んだ峡湾も、私は走りゆく車窓から、ただひたすら息をつめ、幸福感で胸をしめつけられながら眺めつづけた。いま、こうしてその風景を思い出しても、その日、その時の日の光が、風のそよぎがよみがえってきて、私の胸を甘美な思いで満たしてくれる。

しかし何といっても、心をときめかせるものは、食堂車と寝台車だ。人は子供じみた趣味だと言って笑うであろうか。だが、私にとって、食堂車と寝台車以上にファンタスティックなものを、この地上で考えることは不可能なのだ。

私は駅の構内を歩くたびに、青く塗った車体にWAGON-RESTAURANTとか、WAGON-LITSとか黄色い字で書いてあるのを見ると、それだけでも胸が、きゅうっと痛くなった。どういうわけか、私は、日本でも寝台車には乗ったことがなかったのである。ましてそれがヨーロッパの町々を走りぬけてゆく汽車であるなら、まるで「魔法のじゅうたん」に乗ったようなものだった。

しかし、機会はなかなか来なかった。私がはじめて食堂車つき急行に乗ったのは、ポワチエからボルドーまわりで、ニースに行ったときだった。はじめての経験というものは、なにごとであれ、新鮮でいいものだ。私は〝チリン、チリン〟と鈴を鳴らしながら予約を取りにくる給仕に申し込みをして、時間になって、最上級のサービスで迎えられた時の興奮を、いまもまざまざと思いだす。白いテーブル・クロス、テーブルの上の花、食器やナイフとフォーク、葡萄酒のびん、ガラスのコップ、そして窓の外には南仏の風景――。私はビフテキを食べ、ボルドー酒を飲み、しみじみと自分が丈夫であり、食欲があり、機会があって旅に出られ、ビフテキや葡萄酒を間違えずに注文できるだけ外国語ができることを幸福に思った。向いに好人物そうな老人がすわった。若い婦人も同席だった。皆が愉しげに上品に食事をしていた。そのすべてが私にとっては地上の天国のように思えた。

しかし、最初のフランス滞在のあいだ、寝台車に乗る機会はついに来なかった。というより、はじめの三年半の滞在は、すべての経費を節約して、勉強に向けなければならなかったので、とうてい、寝台車までは手が出なかった。

念願を達したのは、一昨年（一九六九年）、二度目のフランス滞在のおり、ジェノヴァからパリに帰る列車に夜行を選んだときだった。私は、最初の寝台車というので、わくわくして、自分が映画のなかの一人物になったような気がした。時には、恋人のもとに会いにゆく男のような気がしたし、時には、銀行から大金を盗んで逃亡してゆく男のような気がした。

暗い廊下を時どき車掌が歩いてゆく。ごうごうと夜行列車は轟音をあげて、夜の闇のなかを走ってゆく。カーテンをあけると、信号燈が光り、一瞬、町の灯が走りぬけてゆく。人々は眠っており、フランスの大地は暗い。その夜のなかを、列車だけが火の矢のように、まっしぐらに大都会に向けて走っているのだ。夫婦者も眠り、セールスマンも眠り、年金生活の老人も眠り、若い娘も眠っていた。そういう人々の眠りを乗せて、夜行列車は疾駆していた。私は寝台にながながと横になりながら、さまざまな人生が、こうして夜の闇の中を運ばれてゆくことを考えていた。列車の震動がごうごうと私の身体をふるわせるたびに、私は、寝台車に寝ることのできた幸福を考えた。

フランスの汽車は学割こそないが、距離による割引きはある。つまり距離が長くなればなるほど、料金は割安になる。そこで、ある夏私はスペインと南仏とを、ひと続きの線で結んだ大旅行計画をたてたことがあった。

私は地図と時間表と首っ引きで、できるだけ細かく、しかも決して同じ線をダブらせず、できる限り列車の連絡をうまく考えた、詳細正確な計画表をつくりあげた。私は、それを持って意気揚々と、パリのオーステルリッツ停車場にゆき、切符をつくってもらった。それはパリを出発し、スペイン、南仏を経て、パリに帰ってくる一大周遊券であった。窓口のおやじさんは、私が、かくも詳細な計画をつくったことに、すっかり感激し〝これこそ真のトゥール・ド・フランス（フランス一周の自転車競技をそう呼んでいる）だ〟と叫んだものだった。

そのおかげで、私は南仏のロデスやベジエやカプドナックやミヨオなど、あまり日本人留学生の行かない町や村を訪ねるという幸運にめぐまれた。むろん、アルビ、カオール、トゥールーズ、カルカッソンヌなど、有名な町々もその中に織りこまれていたが……。

この時の汽車旅は、ほとんどがドルドーニュの渓谷の間をぬけていった。ディーゼル・カーのときもあれば、客車貨車混合連結のときもあった。廃駅になり、ただ草花だけが咲き乱れている、人気ない駅を通過することもあれば、女の駅長が旗を振っている駅にとまることもあった。連絡の汽車を待ちながら、静かな山間《やまあい》の駅にすわっていると、ふと、マーガレットの咲き乱れるこんな駅で、畑でも耕しながら一生をすごすのも悪くないという気がした。一日に三回か四回、信号機を押し、ポイントを切りかえ、あとはパイプでもくゆらしながら、新聞でも読むのだ……。

私はこの時の汽車旅行のことを何度か自分の小説に使った。最初の長篇『廻廊にて』

にドルドーニュが舞台に選ばれたのも、直接にはこの時の旅が影響している。

長い旅では、パリからスイスをこえて、イタリア半島を縦断して、ブリンディジへ行った汽車旅が忘れられない。それは、たしかフランス滞在の二年目の夏で、所持金の一切を使って、ギリシア旅行を企てたのだった。はじめはユーゴーを通って、アテネまで汽車で行こうかと考えた。しかし、ブリンディジから船旅をまじえてみるのも一興と思って、最初のプランを変えた。このときは二晩汽車のなかで過したが、寝台車をとる余裕はなかった。それでもスイスの湖や、古典的なローザンヌや、アルプスの峰々を見たり、南イタリアの荒れた山河を見たりするのは、なんという幸福だったろう。私は、イタリアを走る汽車の中で〝おにぎり〟を喰べた。日本のお茶を飲んだ。これも奇妙な思い出となってよみがえってくる。

ドイツの旅もベルギーの旅もすべて汽車旅だった。ロシアの旅のとき、寝台車で目を覚ますと、朝霧に包まれて、白樺林がつづいていた。私はまるでツルゲーネフかトルストイの小説の中に迷いこんできたような気がして、この美しいロシアの大地を食い入るように眺めたものだった。私には旅の絵葉書以上に一冊の時間表が汽車旅をまざまざと呼びおこす。ああ、今この瞬間でさえ、私の心は汽車旅へと、なんと強くひきつけられていることであろう。

恋のかたみ

はじめてパリに着いた一九五七年の秋は、まだフランスはアルジェリア問題で苦悩しているときだった。六二、三年ころからはじまった泰平ムードもなく、それへの反発を底にひそめた昨今のいらだたしい痙攣もなかった。あるのは、労働者たちのひそかな抵抗であり、知識階級の誠実な模索だった。それに六〇年代にやってきた繁栄はまだ大衆のものでない時代だった。戦争の傷痕はいたるところに残り、戦後のにおいはなお濃く感じられた。

しかしそういう緊迫したなかでも、パリの町は初秋の霧のなかで夢のように美しかった。暗灰色の、八階建てに整然とならぶ家並み、黄ばんだ葉を一枚一枚落してゆく並木、噴水がきらめく広場、芝生にかこまれた花壇に夏の名残りの花々が咲くリュクサンブール公園、鳩がいっせいに飛びたってゆくパリのノートル・ダム——それらは、日々私の心をときめかせ、眺めていて飽きるということがなかった。たしかにアルジェリア人学生を追って、不気味な沈黙のなかで、武装警官が、とある建物をとりまいているのを見たこともある。血まみれになったデモの学生が、囚人収監車に入れられる光景にもぶつかった。だが、そうした苦悩のなかで、古いパリの優雅な美しさをこうして守りつづける人々がいることも、また偉大なことだと思わないわけにゆかなかった。花を植え、水を花壇にスプリンクラーでまき、道路を清掃しているのは、パリの良心的な、仕事好きの、あの労働者たちだったからである。

こうしたパリの町々の散歩のあいだ、私の眼をとらえたのは、セーヌ河畔のベンチや公園の林の奥で抱擁し、語りあっている恋人たちの姿であった。もちろん私も話には聞いていたが、彼らがパリの風物詩の一つになって、まるで映画の一情景のように、ある洗練された〝愛撫〟の型を演じている見事さには、ちょっと驚かされた。たとえばセーヌにそって歩くとき、恋人たちはそれぞれの愛の形において抱擁しているが、そのどれもが見る眼に美しかった。彼らが口づけをかわして立ちさってゆく、その爽やかな動作の、ほとんど優雅といっていい挙措は、私の心に深い感銘を与えずにおかなかった。

私が恋の美しさを知ったのはパリだったといえば言過ぎになるが、しかし愛をこのような形で表現し、それを生活のなかに保ちうるものであることを教えたのは、あの町だった。あの町の若い恋人たちだった。

もちろん愛の結果の不幸や悲劇は、どの国においても避けられることなくうまれる。ある年、私は学生食堂で見知らぬ学生に話しかけられた。彼は見たところ、フランス人であったが、彼の父は日本人で、隅田川のそばに住んでいるというのであった。彼はまだ見ぬ父の国のことを、私から聞きたいと思ったのであろう。むろん彼の母は恋の破局を経験し、その子供をひとりで育てるほかなく、男との連絡はまったくなかったのである。

また日本人学生にフランス語の個人教授をしていたS＊＊嬢は、そのころすでに七十歳をこしていたが、十四近い猫とともに、リュクサンブール公園の裏にひっそり暮していた。私も一、二度彼女のアパルトマンを訪ねたことがあるが、彼女は読書家で、熱烈なコミュニストで、政治的な話題にも強い関心を示した。

ある日の午後、あれこれ文学談をやっていると、中庭に流しの音楽師が入ってきた。するとS＊＊さんは窓をあけ、一言二言挨拶をして、銀貨を紙につつみ、それを小石のように投げた。男は帽子でそれを受けると、何度も「メルシ・ママゼル」を繰りかえしていた。

私は彼女が世にいう慈善家だとは思わないし、安価な感傷を感じる人とも思わない。しかし彼女が「あの人もあれで食べているんだから」と言ったとき、私は彼女の精神を形づくっている人間観のようなものを、あらわにそこに見たような気がした。S＊＊さんは一人の聴衆として、この哀れな辻音楽師を認めていたのである。彼女はこの男をあわれむでもなく、また無視するのでもなかった。彼の仕事を認め、その仕事にたいして報酬を支払っていたのである。少なくとも彼女の心のなかでは、そうした誠実な気持が働いていた。

私は後になってS＊＊さんはもう何十年も前、日本人の画家を愛していて、やむなく別れたのだという話をきいた。身のまわりをきちんと片づけ、一人暮しながら、どこにも暗さのかげのない彼女のことだから、さぞかし激しいひたすらな恋であったろうと想像した。

しかし私がなお心打たれるのは、彼女がその後もずっとその恋人に誠実であり、自分の愛をつらぬいたということである。彼女は愛人の同国人を教えることによって、かつての愛の香りをどこかに思いだしていたのかも知れぬ。たしかにそれは現在では日本でさえ古風な恋のかたちである。しかしそういう生をいきた人の情熱を思いみることは、やはり心打たれることには違いなかった。

日本人学生のなかにはS＊＊さんの、そうした生き方を嘲笑する人もいた。棄てられた女という形に、S＊＊さんを無理やりに押しこんで、それを軽蔑したような口ぶりで、彼らは得々として、自分たちの恋の成就を謳歌しているようだった。しかしそのとき、私は果してS＊＊さんと、S＊＊さんのことをわらう留学生と、どちらが仕合せであるか、わからないと思った。一瞬のうちに愛の真実を生きた人にとって、その結果がどうあろうと、ともかく生きるに価した生があったのである。私たちの多くは、会社員となり、人妻となり、財産や地位に依存しながらも、一生かかって、結局、生に価するものを見いだせないのが普通なのだ。単にその結果が裏切られた男、棄てられた女という形をとったからといって、その愛の真実は否定しがたく存在している。S＊＊さんはそういう愛の証を生涯かけて守りぬいた人のように私には見えたのである。

恋愛のうまれない国はなく、恋愛を含まない文学はありえない。にもかかわらず西欧において、はじめて男女の性愛が恋愛という形に結晶されたというのは、たとえばS＊＊さんのような形での、愛の幸福が、この文明のなかでは、現実のこととしてありうるのだ、ということからも、納得できるような気がした。性愛があくまで自己本位のものであるとすれば、西欧において目覚めた情熱恋愛というものは、相互に、相手に拘束されることに幸福を感じ、それを全身全霊かけて守りぬき、その献身と誠実にすべての意味があるようなものだと思われる。もちろん現在、西欧でもこうした観念が失われつつあり、その崩壊の苦しみがいたるところで感じられるが、その苦しみがあることは、まるでそれに無感覚なのとは訳がちがうのである。パリ女のガラスのように冷たく硬い恋の手ごたえのなかに、こうした苦悩の残映があるからこそ、この町の恋はかくもなお私たちの心を打つのかと、私は落葉の散り急ぐ並木道を歩きながら何度か思ったものである。

モンマルトル住い

この前（一九五七年から三年半）パリに住んだのが、カルティエ・ラタンとモンパルナスのあいだのカンパーニュ・プルミエール街で、亡くなったフジタなども住んでいたアトリエの多い界隈だった。モジリアニとかマクス・ジャコブとかの名に結びついた小さなレストラン「ロザリ軒」や、二十年代のロースト・ジェネレーションの雰囲気の濃い「ドーム」や「ロトンド」もほんの五分ほどのところにあった。

私はカルティエ・ラタンに出てユルム街（シネマテーク）に通いつめる映画きちがいや、ソルボンヌから教科書をかかえて出てくる快活な女子学生や、リュクサンブール公園で果てしなく政治を論じる長髪のアナーキスト学生などを見ているのは好きだが、こんどパリに住むようになったとき、できることなら、こうした芸術家的、知的雰囲気から全く遠ざかった界隈——たとえば労働者街とか、養老年金で生きている人間の多い地区とか、そういったパリの底辺で暮してみたいと思っていた。

もっとも前に住んだモンパルナスでも、私の周囲は、およそブルジョア生活には縁のない人たちばかりだった。しかしこんどは町ぐるみ、そうした雰囲気の界隈に住みたいと思った。そして偶然がいろいろ重なって、結局、ムーラン・ルージュのあるブランシュ広場から、百メートルほどモンマルトルの丘をのぼったプランケット街という裏町の、いささか古びたアパルトマンに住むことになったのだった。

ブランシュ広場からモンマルトルの丘にのぼる道は、ルピック街と呼ばれ、肉屋、魚屋、八百屋、乳製品店、雑穀屋、おかず屋などがぎっしり並んでいるうえ、車付き屋台に野菜や季節の果物を満載した店々が出て、賑やかな市が立つので、朝といわず夕方といわず、家庭の主婦や、犬をつれた若い娘や、大きな籠をかかえた老人や、ぶつぶつひとりごとをいっている老婆などで雑踏していた。

プランケット街はこのルピック街と直角にぶつかっているアンパス（行きどまり道）なので、窓から首をだすと、ルピック街をぞろぞろ歩く人々が、まるで舞台のうえの通行人を見るように、眺められた。しかもこんどのアパルトマンは二階なので、いってみれば、上等席でスクリーンを見ているといった角度に、市に集まる人が見られたのだった。

家の前には雑穀屋の倉庫があり、朝、トラックが袋入りの穀物を運びこんだあと、落ちこぼれた穀物をつつく鳩の群が、石だたみの道いっぱいに集まっていた。その石だたみの道は、もう古いパリにもあまり見られない、大きい、四角い切り石を、粗く、多少不ぞろいに並べただけで、そんな道の歩きにくさにも、私などは一種の詩情を感じた。

しかしなんといっても、ありがたかったのは、およそ芸術家臭さ、知的スノビスム臭さのない、生活に密着した、活気ある、素朴な気分の漂っていることだった。そのうえこうした老婆や主婦や娘たちが、物価高や世知辛さにもめげず、パリらしい意地や機知を忘れていないことも、ここに住むたのしさを増した。

ルピック街を下ってブランシュ広場に出ると、そこはピガールからクリシーにつづく一大歓楽地で、いってみれば浅草の盛り場のようなもので、外人観光客や、お上りさんや、移民たちがぞろぞろと歩き、早く寝てしまうパリでは、例外的に夜明け近くまで賑わっていた。ストリップ劇場がならび、いかがわしいバーが集まり、昼ごろから濃い化粧の女が通りに立っていた。

私がモンマルトルに住んだとき、妻はまだパリにおらず、その町名がプランケット(「小さな隠れ家」の意味がある)というのを見て、大いに気に入ったらしかったが、さてパリに着いてみると、こうした怪しげな店々から二百メートルと離れていないので、かなりがっかりしているようだった。

しかし私は、そうした女たちや、雑踏する人々まで含めて、人間が生きている姿そのものを見るのが、実にたのしかった。店の前で品物をえらぶ主婦の顔も、煙草をふかしてバーに坐っている女も、坂をよろめき上ってゆく老人も、いずれも、人間が生きている姿をあらわに、そこに示しているような気がした。

むろんこうした姿はただパリのものではなく、東京だってどこだって眺められるものに違いなかった。しかしこの町で見かけるそうした姿には、不思議と「人生」というものを感じさせる何かがあった。孤独とか、悲しみとか、誇りとか、絶望とか、歓びといったものが、なぜか、実にあらわにその姿のなかに刻みだされていた。

私は、そうした人々のなかに刻みだされたものを、窓から、また路傍に立って、また眺めるのに、ほとんど恍惚といっていい気持を味わった。苦悩なら苦悩を通して、また歓喜なら歓喜を通して、なんと人々は生きいきとその宿命を生きているのか、という感銘が深く胸に落ちこむことが、しばしばあった。打ちひしがれたアルジェリア人や、眉と眉のあいだに深い皺を刻んだ女が、そのどうにもならぬ宿命の重さを、形にくっきりと表わし、足をひきずるようにして、魚屋や八百屋の呼び声でにぎわうルピック街をのぼってゆくのを見るとき、かれらを待っているのは、いったいどんな部屋だろうか、と思ったものだった。そこには一つのドラマがあり、一つの詩があった。そしてこうした生が描きだす深い感動にくらべると、セーヌ河の向うの、カルティエ・ラタンの知的スノビスムなどは、色あせた、退屈な、虚栄と自尊心の混淆のように見えてきて、本を買いにゆく以外は、あまり近づく気にはなれなかった。

もちろん観光名所になったモンマルトルの丘そのものには何の関心もなかった。たまにサクレ・クールの前までゆくようなとき、パリの屋根屋根が夕靄のなかに青く浮んでいるのをみて、大きな生活のリズムが海鳴りのようにそこにどよめいているのを感じ、胸が鋭くしめつけられるような感覚を味わった。それがどのような感銘であったのか、まだはっきりわからないが、激しいうずきに似た感覚であることは間違いなかった。

町々に灯が入るころ、丘の頂から暮れてゆくパリを見るのもすばらしかった。淡く夕暮れの色の残る西空に、くっきりとエッフェル塔のシルエットが立っていた。もはやノートル・ダムも凱旋門もオペラ座も暮色のなかにとけて見分けられなかった。ただ近づいてくる夜とともに窓々に光りだす燈火の数が、そこにそれだけ、人生があるのだということを、はっきり語りかけていた。それはある無限の寂寥感を私のなかに呼びおこした。しかし同時に、そこに人間が生きているという奇妙な、なまなましい親愛感をも呼びおこした。私は、その燈火の下で、話したり、笑ったり、手紙を書いたり、手紙を読んだり、泣いたりする人々のことを想像した。そしてこうした人間の孤独な姿が、心のなかに、なつかしい追憶のように流れこんでくるのを感じた。

ある雨の夜おそく、突然、家の窓のしたで、異様にあわただしい足音が、プランケット街を走っていった。それは一人、また一人、というふうに続いた。私はおどろいて窓をあけた。場所柄、通行人が恐喝にでもあったのかと思ったからである。

走っていたのはミニやパンタロンをはいた町の女たちだった。ルピック街の角には警察の金網張りの車がとまっていた。懐中電燈をもった巡査が数人、私服をまじえて、女たちを追って姿をあらわした。彼らは戸口ごとに光の輪を投げ、注意深く歩いていた。プランケット街は行きどまりである。私はその行きどまりで追いつめられた女たちを想像した。こんな派手な狩りこみを、私は映画以外に見たことはなかった。私は息をのんで雨の降る闇の奥を見つめた。

通りの突きあたりに、建築現場があって、もちろん女たちはその工事中の建物のなかに逃げこんだのは間違いなかった。

十五分ほど探索したあげく、巡査たちは結局女たちを一人も発見できずに引きあげてきた。なかの一人は執拗に光の輪を家々の戸口になお差しこんでいた。

女たちが姿をあらわしたのはそれからさらに五分ほどたってからだった。彼女たちは靴を両手にぶらさげ、車のあいだに身体をかくしながら、じりじりと進んでいた。やがて女たちの姿が無事に町角に消えると、我にもあらず私は息をついた。そしてしばらく女が消えたあたりのルピック街に雨がふるのを眺めていた。そこにモンマルトルでなければ味わえない何かが一瞬あらわれて消えたような気がしたからである。

海辺の墓地から

私が灼熱のスペインをまわって南仏に入り、静かな漁港セートに着いたのは、一九六〇年の夏の終りであった。

セートにはヴァレリがうたった「海辺の墓地」があり、詩人自身もその墓地に埋葬されていたのだったが、私は旅のはじめからヴァレリの墓を見ようと思っていたわけではなかった。もともと私は作品に描かれた土地や、作家にゆかりのある家などを訪ねることに、あまり積極的な意味を感じていなかった。文学作品には、そうした偶然的な要素をこえた作品自体の自律性が働いており、かかる自律的要素こそが作品の本質をつくりあげると考えていたからである。

しかしスペインの強烈な太陽に灼かれた乾いた裸の大地を見つづけているうち、しきりと青い地中海の波が見たくなった。とくにドルドーニュの渓谷に入り、ブリーヴ、スイヤック、カオール、アルビなどをまわって、ようやくベジエに出て、車窓の向うに、平坦な海岸線と青い海を見たとき、真実ほっとして、ともかくセートに一泊しようという気持になったのである。

私は貨車のとまっている閑散としたセートの駅をおりると、駅前の並木をぬけ、運河のように水路をひいている町を通っていった。その夏、スペインで所持金をほとんど使いはたしていた私は、ソルボンヌに着くとすぐ、パリの友人に電報で送金を頼み、宛先を、アルルのあるホテル気付にしておいた。そんなこともあって、南仏をまわるあいだ、私は、何かと節約しなければならなかった。多少、心細くはあったが、漂泊の旅の思いもいやまさってきたのも事実で、私はそんな旅情も悪くないと思った。アルルに着いてみて、友人からの送金がなければ、それは、私に運がなかったというまでのことで、そうなればまた、何とか工夫もあろう――私はそう考えていた。

セートに着いたとき、私がすぐユース・ホステルに泊ることを考えたのはそのためだった。前の年の夏、シチリアのある駅のベンチに寝ていて、刑事にあれこれと訊問された経験があるので、なるべくなら駅や公園に寝ることは避けたかった。私は当時ソルボンヌに在学していたし、ユース・ホステルに泊る資格はあったのである。

セートの町の中心は、波止場通りをぬけた小高い丘の斜面にあり、丘をのぼる坂道をかこんで、段々状の屋根が重なり合うようにして並んでいる。私がその坂道をのぼっているとき、町の街燈にあかりがついた。空は水のように澄んで、残映が明るく漂っていたが、狭い通りには、すでに宵闇が流れていた。

ユース・ホステルはその丘の頂に近い急斜面にあり、町並みもほとんど尽きようとしていた。長い石段がつづき、それを上ると、石造の古い家が建っていた。暗くて、その全体は見えなかったが、蔦などが建物の正面を覆い、広間から、石欄をめぐらした露台が見えていたので、おそらく誰かの邸宅を、若者たちの宿舎に開放したものらしかった。広間にも、アーチ形天井の廊下にも、若者たちがあふれ、喋ったり、ギターをひいたり、歌ったり、笑ったりしていた。

「お気の毒ですが、この有様です。もう地下室のベッドしか空いてないのです」

管理人はそう言って肩をすくめた。

地下だろうと、どこだろうと、私は異存はなかった。まだ夕食が残っていたのはせめてもの幸運だった。私は管理人に導かれて、また急な階段をおり、石垣のうえを通り、露台の下にある地下室に入った。もっとも地下室といっても、丘の急斜面にある横穴式の岩室で、二十畳ほどの広さがあり、簡易ベッドが並んでいた。

私は疲れていたので、夕食後、シャワーを浴びると、すぐベッドにもぐりこんだ。ドアも何もないその入口から、暗い夜のなかに、セートの港の灯が点々と美しく輝くのが見えた。

翌朝、私は何か眩しいものに照らされる感じで眼をさました。ベッドに横になったまま見ると、地下室の入口の向うに海が暗く見え、その水平線に、ちょうど太陽がのぼるところだった。私の顔をまともに照らしたのは、この太陽の最初の光だった。

私は寝静まっているユース・ホステルをぬけ出すと、人影もないセートの町を歩いた。町の並ぶ丘全体が、海へ突出する岬になっていた。もし海辺の墓地があるとしたら、その岬の突出部ではなかろうか。私はそう見当をつけて歩きだした。赤褐色の屋根瓦、白い壁の家々が、清潔に、ひっそりと並んでいる。潮の香りが流れてくる。家と家のあいだに見える海は、刻々に青くなってゆく。鷗が港から丘の斜面へ舞いあがった。

突然、町が終って、岬の突端に出た。果して墓地はそこに大小の墓石を並べて拡がっていた。私が鉄柵を押してなかへ入ると、水平線を離れたばかりの太陽が、白い大理石の墓標をばら色に染め、幻想と幸福にみちた童話の都会を見るようだった。朝の海は、丘の突端に立つと、眼の高さまで立ちはだかる青い壁のような感じがした。その青い海を背景にして、童話じみた大小の墓石がばら色に輝いているのだった。

風一つなく、音一つしなかった。むろん早朝のこととて、人影もなかった。朝の光に照らされて、私ひとりが、その浄らかな静けさのなかに立っていた。

墓石のあいだを歩くと、ヴァレリの墓が見つかった。つつましい目立たない墓で、『海辺の墓地』の第一聯の最後の二行が墓石に刻まれているだけだった。

ああ　思念のはての慰めよ
神々の静けさへのひたすらな凝視よ

その詩句は氷河の裂け目に落ちてゆくこだまのように、私の心の中にひびいていった。私はその墓石のそばに坐り、放心して、時のたつのを忘れた。

セートをたつ前、もう一度海辺の墓地へ行ったとき、すでに太陽は高く、真夏の暑気は岬の斜面を匐いのぼっていた。墓石の群れは白く、眩しく輝き、濃い影を乾いた地面に落していた。鉄のアーチが錆びていたり、陶製の花環が欠けていたり、とかげが台座の石のかげで眼を光らせていたりした。

そこには、早朝の、ばら色に満ちた、童話のような幻想は消えていて、真昼の光にさらされた、平凡な、物質感にみちた墓地があるだけだった。しかしその死者たちの家を囲むようにして、青い地中海の波が、南仏の濃い青空とともに、この岬を包んでいた。輝く太陽のしたで、地中海の拡がりは息をのむほどに青かった。その青のなかに大理石の墓石の群れが白く輝いているのだった。

　白い鳩たちの歩む静かな屋根よ
　黒松のあいだ、墓石のあいだに鼓動して

とヴァレリがうたった海は、まさしくこの青さのみなぎりわたるなかで、過剰な光を浴びていなければならなかった。それは透明で、満ちあふれた、炎のような光だった。

　真昼の輝きが炎でつくる海
　海よ　海よ　よみがえりて止まぬ海よ

　そう呼びかけられた海は、まさしくこの甘やかな青さに満ちわたっていなければならなかった。

　しかし『海辺の墓地』にうたわれたのは、こうした清浄な海への讃歌ではなく、むしろ地中海的な自然の輝かしさと対比される、存在の無常から生れた絶望である。墓石に示されるのは、不死への憧れに対する嘲笑であり、否定であった。

岬をつつむ海の青さ、空の青さが、清らかな真昼の光に満たされれば満たされるだけ、この人間の営みの空しさがあばき出される。海の青さは、「自然」という果てしない虚無の深淵にのぞいている色彩にほかならなかった。

光に満ちた虚無という映像は、何か矛盾した概念の結合のように見えたが、しかし現実の海辺の墓地を見たあとでは、その空しさの苦渋がわかるような気がした。

一ヵ月にわたる夏の旅を終えてパリに帰ってきたとき、すでにこの北国の都会には初秋の風が吹き、マロニエの葉は散りはじめていた。そして地中海の真夏の光が、いかにも遠い過去の出来事のように思いかえされたりした。

しかし前年ギリシアから帰ったときと同じように、スペイン、南仏の旅は、私のなかに説明しがたい変貌を呼びおこしていた。そしてその多くが、あの岬の墓地に立った一瞬の思念のなかから生れていたのを、その後『海辺の墓地』を何度か読むたびに、思い知らされた。ここでヴァレリは、あくまで虚無や不在の否定力に対して、その否定を通しての存在の肯定をうたっていた。いわば生の移ろい易さのゆえに、生に内在する豊かな意味を見出そうとする決意を、『海辺の墓地』は、はっきりとうたっていたのである。

私自身、そうした生への確信をつかめそうでいて、それが指から砂が流れおちるように消えるような生活を何年かというもの、パリの屋根裏部屋でつづけていた。

しかし突然私のなかに侵入したギリシア神殿のほの暗いまでの高貴さ、あるいは青い地中海の光から生れたヴァレリの詩句の硬質な存在感は、そうした生の移ろい易さや、人間の営みの恣意性や、想像的仕事の根拠なさに対する私のおそれを、根底からくつがえした。

たしかに生は不確かな、移ろい易さの中に置かれている。しかしそれをかかるものとして認め、引きうけるのは私たちの思念にほかならないのである。また私たちの凝固しがちな、書斎臭い、分析的な思考に対して、それに爽やかな風を吹きこみ、花の香りや、空の青さをもたらすのは、まがうかたない〈生〉そのものなのだ……。

私はそうした思いに全身が染めあげられるために旅へ出たのであった。そして、菩提樹が葉をひろげる村の広場や、クレーンのきしむ港や、暗い大都会の片隅で、日々、私は自分の転身を願ったのだ。

否、否……立て、相つぐ時代の中に
わが肉体よ、この思念の形を打ち砕け
わが胸よ、風の生誕を飲みつくせ

ヴァレリのこうした高らかな自己肯定、存在肯定は、その頃、ようやく私自身のなかに目ざめ、高まり、みなぎりはじめていた。

風がたつ……いまこそ生きようとしなければならぬ
はるばると吹く風は私の書物を開き、また閉ざす
くだける波は岩からはねかかる
ああ、飛び去れよ、まばゆい書物の頁よ

この詩句はまさしく光の予感の前に立っていた私にとって、不意に出現した光のようなものであった。私は、書物や知識に曇らされぬ自分自身の眼で、始めて自分の周囲を眺めまわした。狭い部屋、厚いテーブル、くすんだ壁、窓の向うに見える初秋の空、遠い町のざわめき——そうしたものが、突然、何か新鮮な色彩で塗りかえられたもののように、私に向って迫ってきた。輝くようであり、笑うようであり、うたうようであった。私は、そんなに豊かな、すばらしいものに囲まれていたとは、つい、その瞬間までは気づかなかった。

私は、リルケやハイデッガーやプルーストなどそれまで読みつづけた書物のなかに、

『海辺の墓地』を加えた。しかしそれが他の場合と違っていたのは、あの地中海の真昼の光にきらめく青い海の記憶が疲れた旅の歩みとともに、その頁に織りこまれていたということであった。

早春のパリ

私は、いまでも最初に過したパリの冬の暗い陰鬱な日々を忘れることができない。ようやくホテル住いからエッフェル塔のそばの、ある退役軍人の家に間借りしたばかりだったが、朝は八時になっても明るくならず、夕方は四時になると暗くなる日の短さと、くる日もくる日も空にふたをしたような低い雲とに、すっかり気が滅入った。

ちょうどアジア風邪がはやっていて、私もある日、突然高熱を発して、日本館にいた医学生の友人に来てもらったりした。咳がとれぬままに、学生たちで溢れているソルボンヌの階段教室へゆき、電燈がぼうっと照らしている演習室で、学生の発表やC教授の講評をきいた。

たまに晴れる日があっても、霧が濃く、太陽は銀色の円盤になって、大学の屋根のうえに低くかかっていた。それでもリュクサンブール公園の裸になったマロニエの林の影が、地面に淡く落ちていた。

その冬、一月になって大雪があり、凱旋門からシャンゼリゼー大通りにかけて、私は舞い狂う雪のなかを歩きつづけた記憶がある。何のことか忘れてしまったが、そのとき私は何か悩みごとがあったらしく、ある種の悲哀感をもって雪の町を歩いたように記憶している。

石造りの、堅固な、冷たいパリの町々が、重い圧迫感となって迫ってきたのも、その冬のことだった。端麗な町並みが、牢獄の壁のように眼の前に立ちはだかり、どこを歩いても、永遠につづく迷路を歩いているような気がした。不安と恐怖が胸の奥によどんでいた。勉強をいくらつづけてみても、とても目標は達せられそうにもなかった。言葉もすこしも上達しなかった。そしてそんな日、学校に出てみても、ふだんの日より講義が聞きとれなかった。買物をしても、すらすら言葉が出てこなかった。所持金もどんどんなくなってゆくような気がした。下宿のおばさんまでとげとげしくあしらっているように思えた。

そんな日、曇った、低いパリの空は一点の妥協も許さぬ非情さで私を押えつけた。青灰色の屋根に点々と並ぶ赤い煙出しから、乏しい煙が、風に流されて空を汚していた。窓から外を見ていると、断続的な警笛を鳴らして、救急車が通りを走っていった。その警笛がいつまでも町の向うから聞えていた。

ある朝、私は窓の上端で何かがごそごそ音をたてているのを聞いた。そして時おりグッグルル……と鳴く鳩の声を耳にした。寝床を起きだして窓をあけると、二羽の鳩が驚いて、乾いた羽音をたてながら、中庭の向うへ飛んでいった。井戸の底から見上げるような、その中庭から見える狭い四角い空に、その日、めずらしく青空がうっすらとのぞいていた。

それは一月半ばをすぎて間もない頃だった。空気は冷たく、太陽は相変らず銀色の円盤のように低く空にかかっていた。マロニエの林は黒ずみ、石欄や石の彫像も冷やかな感じで立っていた。

にもかかわらず、その朝、リュクサンブール公園を横切ってゆくとき、どこか、いつもの朝とは違っていた。町角に立っている花屋の屋台にはアネモネが溢れていた。サン・ミッシェル大通りを歩いてゆく若い学生たちの表情にも変化が感じられた。

その日、私は町角で会った友達から、モンパルナスに新しい独立の部屋があることを知らされた。それはひっそりした通りの奥の、僧院のような美しい簡素な中庭を囲むアパルトマンの一つだった。通りにはガラス張りのアトリエが並ぶ建物があって、友達の話では、フジタが住んでいるということだった。

私は二月はじめから新居に移った。台所つきの細長い一間であったが、ともかく独立した家には違いなかった。町角の花屋からアネモネを買って部屋に飾ると、それでも、ようやく落着いて勉強できる場所が手にはいったよろこびがこみあげてきた。この部屋でも鳩が窓のうえでグッグルル……と鳴いていた。

新居からカルティエ・ラタンまで歩いて十二、三分の距離だった。モンパルナス大通りを横切り、クロズリ・デ・リラの前を通ってゆくと、右手奥に天文台の白い円屋根が見えた。リュクサンブール公園を斜に横切ると、パンテオンが眼の前に重いドームを支えて立っていた。

冬のあいだも公園の芝生は鮮やかな緑で、美しかった。しかし鳩が窓辺で鳴くようになると、そうした芝生の色にも、わずかな変化が認められた。霧が流れるような午前、あたりはばら色に染まり、時おりマンサード屋根の窓ガラスが赤く太陽を反射してきらりと光ったりした。ばら色の霧のなかに、建物は青いシルエットとなって、通りの遠くへ溶けていた。私たちはまだ冬仕度のままだったが、どこかに春の気配が忍びよっているのを感じた。私は公園を通りぬけるとき、マロニエの幹に手をやって、春を用意している樹液の流れを感じようとした。

黄色いクロッカスが小さな光ったような花を芝生のあいだから咲かせているのを見つけたのは、そうしたばら色の霧が流れるようになったある朝のことである。私はそのときの感動を、のちの作品のなかに書きつけておいたが、それは、こうした長い冬のあとでは、本当に、新しい生命との出会いのような印象をあたえた。私はながいこと、その場から立ち去ることができなかった。

黄色にまじって紫のクロッカスが同じように花をひらいていた。そしてその頃になると、冬のあいだ、人の気配のなかった公園に、子供をつれた主婦や、年金で暮している老人たちが、着ぶくれたまま、太陽と外気を求めて集まってくる。彼らは淡い木の影を地面に描いている太陽の乏しい光のなかへ顔を向けて、じっと眼をつぶっていた。

木立の奥では雀が鳴いていた。鳩が芝生に羽をひろげて、雌を追うようになるのもこの頃だった。すでに復活祭休暇の旅行案内が町角の壁などに貼られていた。コルシカ、モロッコに一足さきに強烈な太陽と夏を味わいにゆく気の早いポスターなども出ていた。私たちも、最初に迎えるヨーロッパの復活祭をどこで過そうかという話を、食事のときにするようになった。スペインやポルトガルの春の美しさを空想したり、プルーストの作品のなかに出てくるフィレンツェ、あるいはヴェネツィアの春についてあれこれ話したりした。

私は列車時間表をキオスク（新聞売店）で買い、プルーストの作品に出てくるように、未知のそうした町々、列車で通ってゆく町々の名前を、想像して楽しんだ。花車に菫やチューリップを積んだ娘たちが町角にあふれるイタリアの春を思いえがくだけで、私の胸は甘やかなうずきを感じた。

しかしある朝、天候はすっかり逆戻りして、冷たい氷雨が窓ガラスをぬらしていた。つい昨日まであった早春の気配など、どこにもなかった。オーヴァのえりをたてた労働者が頭から雨にぬれて通りを歩いていた。学校ではスチームがむんむんし、満員の教室で、ノートをとるペンの音がさらさらと聞えた。窓の外には雨の降りしきる向うに、ソルボンヌの校舎のがっしりした屋根が見えた。屋根の上に垂れた空は陰鬱な灰色で、煤煙に濁っていた。

友人のOに会ったのは、そんな日の午後だった。私たちは黒ずんだ並木をぬらす雨を眺めながらひさびさに日本の話をしたり、共通の友人の消息などを語りあった。Oからはじめて彼の恋愛について聞かされたのもそのときだった。冬のあいだ、オーストリアのスキー場で会った日本の女性で、いまはローザンヌに住んでいる、とOは言った。しかし、そうした話にもかかわらず、Oの気勢はあがらなかった。見せかけの春が急に冬に逆戻りしたように、Oの恋愛もうまく進行していないようであった。

しかしある朝、私はカーテンを通して差しこむ日の光で目を覚ました。窓をあけると、ぬぐったような青空がひろがり、中庭にも木立にも明るい光があふれていた。鳩の声が屋根のほうに聞えていた。雀がさえずりつづけた。

回り階段をおりて中庭に出て、そこから蔦の匐った壁のある通路を通ってパンを買いに出た。躍りあがりたいような気持が胸をつきあげた。パン屋の肥ったやさしいおばさんが「とうとう春がきましたね」と言って笑った。

人々の顔が急に柔和になったようだった。箱型バスの後部立席にいる乗客も、身体をのりだすようにして、過ぎてゆく町並みを眺めていた。行きかう人々が声をかけて挨拶する。「ボン・ジュール・マダム」「ボン・ジュール・ムッシュウ」私は誰かまわずそう叫びたかった。

その日の講義は何から何までよくわかるような気がした。A先生も上機嫌で何度も冗談を言っては学生たちを笑わせた。明るい光が教室の向いの建物にいっぱい当って、そのガラスに反射した光が、教室の壁に、金色のまだらな縞になってうつっていた。

隣の女子学生がインクを切らし、私に鉛筆を貸してくれといった。先生が冗談をいって学生たちを笑わしているあいだに、彼女はオルレアンから出てきている学生であるとひそひそ声でいった。私はノートのはしに「オルレアンの乙女って、あなたのことか？」と書いてやった。彼女は声をおさえて笑った。

私が彼女をお茶にさそったのも、彼女がそれを受けたのも、その朝の、心のはずむような気分のせいだった、と今も思う。

私たちはブール・ミッシュ（サン・ミッシェル大通り〈ブールヴァール〉を学生たちはこう呼んでいた）のカフェのテラスでコーヒーを飲んだ。テラスはまだガラスで囲ってあったが、開けられるだけガラスを開けはなっていた。光がプラタナスの淡紅色の枝を通して、大通りに流れていた。女子学生は、黒い革の半オーヴァを着て、男の子のように短く髪を切っていた。いかにも利口そうな、いきいきした眼をしていた。私はフランスの学生生活のことや、宗教のことをきいた。彼女は地方出の学生にとってパリの学生生活がやはり容易ではないこと、試験制度が苛酷で、単位をとるのが苦しいことなどを話した。彼女はふつうのフランス人同様カトリックだったが、自分は教会から離れている、それはそれで正しい道を歩いていると思う、と低い声で言った。その顔は一瞬きびしくなり、私は、フランス人のなかになお宗教が精神の中心課題として生きているのを、ふと、かいま見るような気がした。

その頃パリではやっていたビュトールの『時間割』という小説を教えてくれたのも、このきれいな、男の子じみた女子学生だった。

私は前にもこの変な題名の本を持っている人を見かけたが、それが前の年にでた新作小説で、その作家が若手のなかでも有望な人だということを、それまで知らなかった。

もちろんヌーボー・ロマン（新小説）という言葉はその頃は一般には知られていなかった。ただこうして新しい文学を求めている一部の学生や、知的なリロンでの会話のなかで、しだいに評判になっているところだった。

私たちが話しているあいだにも、何人かの顔見知りが通りかかった。なかには私たちのテーブルにすわって、わざわざ二人の様子を偵察してゆく剽軽者もいた。そのうちの一人は柔道に凝っていて、道場に書いてある額の字を、そっくり写しとってきたから読んでくれといって、上手に書いた「精神一到何事不成乎」という文字を見せた。字というより絵のように写しとられた筆の痩肥が、奇妙な具合に並んでいた。私はその意味を説明した。そして岩を虎と間違えて矢を放った故事を、ついでに附け加えた。剽軽者は女子学生のほうを見て、「この日本人学生は君のことを女の虎だと思っているのかも知れんぜ」といって、片目をつぶって出ていった。

もちろん、私は彼女を岩とも虎とも思わなかった。だから矢を放つ気など毛頭なかった。ただ早春の明るい午前の、はずむような心が自然と私たちをこうした会話に結びつけ、そこに何人かの顔見知りが集まったにすぎなかった。それはプラタナスの枝が淡紅色に艶を帯びて光り、鳩が建物の間を群れて飛び、若い男女が談笑しながら大通りを歩いてゆくのと全く同じ自然現象だった。私も女子学生もこうした早春の鼓動を自分のなかで抑えることができなかった。私たちはだから何度もつまらないことで声をたてて笑った。

私がOから速達をもらったのは、その日の午後のことだったと思う。学生食堂から家にかえると、ドアの下に、速達が差しこまれていた。差出地はローザンヌだった。Oは女友達とうまくいっているらしい様子だった。

私がよく車でパリ郊外の森をまわったのもその頃のことだった。艶を帯びた枝々が遠くから見ると、靄《もや》がかかったように、ぼうっと淡紅色に染まっている。深い見事な大森林がオート・ルートのそばまで迫って、走っても走っても、そうした森はつづいていた。

パリ市内のブーローニュやヴァンセンヌの森も美しかったが、郊外のこうした深い森は、ドイツの森のように暗い感じはなく、どこかペローの物語のように明るく繊細な感じがあった。こうした森を出はずれると、イール・ド・フランスの豊かな耕地が、乾いた土の色を春の日ざしにさらして、ひろびろと広がっている。ゆっくりと波のように起伏し、自動車道路はその起伏をひとすじの帯のようにまっすぐ走ってゆく。遠い地平線には森のシルエットと村落と教会の塔が見えていた。印象派の絵に見るような雲が、英仏海峡のほうから吹く微風に送られて、羊の群れのように、そうした風景のうえを流れていた。

復活祭前後になると、町の花屋にはそろそろアネモネは終って、あの匂いの香しい黄色い水仙が並ぶようになる。郊外に出ると、生垣に白くさんざしが泡立って咲きだしていた。

それからすでに十年の歳月を経た一昨年、私はふたたびパリに一年をすごし、その年の復活祭の休みを利用して、ブルターニュをひとめぐりしようと思いたった。ロワール川沿いに下って、大西洋岸を北上し、海沿いにブルターニュ半島を一周しようというわけだった。

車の窓から見る村々には、以前のように、さんざしの花が生垣に残っていた。耕地の麦はまだ緑が淡く、草地に群れる牛たちが、水でこねくり返された泥を踏んで、斜面をのぼっていた。土手も空地も斜面も、いたるところ黄色い花がまっ盛りだった。濃い、暗い黄色の、ざらざらした剛い感触で、野山をいちめんに覆っていた。はりえにしだの群落であった。

ブルターニュは畑と畑の境に太い、ずんぐりした幹の木々が並んでいて、それに蔓がからんで、葉がびっしりと覆い、まるで鎧を着た兵士たちのようだった。石垣も建物の石壁もこけ状の白緑の斑点で覆われていた。平坦な丘陵が海に向って長くのび、低い崖となって荒海に落ちこんでいた。

ブルターニュ半島の突端ラズ岬にいった日は、霧が海から這い出て、のこぎりの歯のように突き出した岬は巨大な怪獣の背のように黒く不気味にその霧のなかに見え隠れしていた。眼の下には、切り立った崖の足もとに白い波が砕けていた。しかし波の音は無声映画を見ているように、私の立っている場所では、聞くことができなかった。ただ崖の中段を群れている鷗の声だけがしきりと風のなかに聞えていた。

私はトリスタンとイゾルデの伝説で名高い港町のホテルに泊り、Oと過した十年前のローザンヌの復活祭を思いだした。Oの恋はトリスタンのような悲恋ではなかったかわりに、また永遠の恋にもなりえなかった。十年の歳月は、やはり私たちをさまざまに変えていた。私はその夜おそくまでO宛に手紙を書いていた。ホテルの窓の外には霧ににじんで漁港の街燈が遠くまでつづいていた。

昔のパリいまのパリ

このところヴェトナムの和平会談や学生デモなどで、パリがちょっとした話題になっている。いつもなら芸術の都、モードの中心地というわけだが、最近では国際政治の焦点になった感じだ。学生デモがラテン区を占拠したというニュースを聞くと、ちょうどマロニエの花が咲く季節でもあって、なんとなくあの学生街が目に浮ぶような気がする。

緯度からいうと、パリは北海道の北端あたりに位置するので、冬は夜がながく、昼は昼で、曇った日が多い。観劇や音楽会など室内の歓楽が発達したのもそのためだが、それだけに春から初夏にかけては気候もよくなり、いかにも長い冬からぬけだした喜びが、ふりそそぐ太陽にも、青葉に飾られた並木にも、公園の花壇にも感じられる。公園で昼寝をする学生たち、編物をし子供を遊ばせている主婦たちを見かけるようになるのもこのころだ。

どの通りを歩いてみても見事な並木、かたい石だたみ、八階建ての高さにそろった建物の列、広場と噴水、公園と花壇が眼に入り、さながらユトリロの絵そっくりの情景にもよくぶつかる。しかしこのパリも実は十九世紀後半にオスマン男爵の手によって、近代的な都市計画のもとに、つくられたものだ。

中世のパリは現在の姿とはちがって、貧民窟が多く、迷路や袋小路がいたるところにあり、不潔で陰惨だった。ルイ十四世のころでも、夜になると、人殺し、泥棒、追いはぎ、浮浪者が五万人も歩きまわっていたという。歴代の王たちの手で、こうしたパリの貧民街や迷路は一掃され、広場をつくったり、新しい住宅街を建設したりして、徐々にパリは近代化し、ひろがっていった。オスマンはその仕上げをしたわけだ。

現在パリの中心にあるシャンゼリゼー大通りはルイ王朝時代にすでに並木の散歩道であり、コンコルド広場はルイ十五世のときにつくられた。このコンコルド広場でルイ十六世とマリ・アントワネットの結婚祝賀が行われ、花火が打ち上げられた。押すな押すなの群衆がつめかけたため、大混乱となり、結局死者百三人、重傷者数百人をだすという惨事となった。

この同じ広場でフランス大革命のときルイ十六世とマリ・アントワネットがギロチンにかかって首をはねられたのだから、歴史の歯車は皮肉である。

パリの特色はセーヌ河をはさんで、右岸と左岸にわかれていることだ。右岸がいわば政治経済の中心、左岸はラテン区があり、文化芸術の中心となっている。

こんどの和平会談のおこなわれているクレベール街の国際会議センターは凱旋門のあるエトワール広場から歩いて三、四分ほどのところ。エリゼ宮、ユネスコ、もとのNATOの本部などを連ねた右岸の政治地区の中心にある。

パリが国際会議の舞台になったのは、ナポレオン戦争後の平和会議、クリミア戦争後の平和会議で、第一次大戦の平和会議はヴェルサイユ宮殿でおこなわれた。ヴェルサイユはパリ近郊だから、これをパリ会議と数えることもできよう。ウィーン会議とかミュンヘン会談とかロンドン会議に較べられる七カ国不戦条約会議がパリで行われたのは昭和のはじめだった。第四回万国博（一八六七年）にロシアからアレクサンドル二世、プロシャからウィルヘルム一世、トルコからアブドル・アジス大帝、ベルギー国王、スペイン国王、オーストリアのフランツ・ヨゼフ一世などがパリに集まり、平和ムードの祝賀会が開かれたりしたことなども、この都会の雰囲気に似つかわしいような気がする。

フランス語で都市は女性名詞だが、パリには昔から女性的な魅力があったらしい。洗練された趣味や繊細な感覚の点では、イタリアから学ぶものを学びとると、こんどはパリが世界の中心になって、七年戦争でカナダやインドの植民地を失ったようなときにも、パリの高級家具や壁紙や彫金や磁器はヨーロッパじゅうから競って買いもとめられたという。現在のパリがモードの先端をゆき、オート・クーチュールを世界に売っているのも一つの伝統の姿と見ていい。

この女性的な伝統に対して、パリは世界でもめずらしい革命の伝統をもっている。中世にもしばしば領主と争った自由市だったが、ルイ王朝の治世で最大の叛乱だったフロンドの乱もパリ市民の蜂起がきっかけとなっている。一七八九年のフランス大革命から十九世紀の三大革命（七月革命、二月革命、パリ・コンミューン）までいずれも主体はパリ市民だ。陽気で、いきなパリジャンが、なぜたびたび革命の主役となるのか。まず第一にパリ市民がつねに独立自由を失わないという点が挙げられよう。パリの人たちは晴れるにつけ、曇るにつけ、笑いを忘れることがない。それはこうした、男らしい生き方の別の表現といえる。不正に対して、だまっていないのもそのためだろう。第二次大戦のレジスタンスのパリ解放に示した勇気も、記憶に新しい。

パリの左岸にある学生街がラテン区と呼ばれるのは、中世のパリ大学の学生はラテン語が学科の中心になっていたためだ。当時は学生であるとはラテン語を解することだった。例のジャンヌ・ダルクの出た百年戦争の終り頃は、社会秩序も頽廃していて、ラテン区の学生もずいぶん市民に迷惑をかけ、横暴にふるまっていたらしい。なかには偽学生も多かったというが、なにしろ一万八千人の在籍者がいたというから、パリ大学は盛況だった。この学生たちがシャルル七世の大学干渉政策に抗議してデモをしたことが、詩人ヴィヨンの伝記などを読むと記されている。はたしてヴィヨンがこのデモに加わったかどうか判らないが、この時のデモには総長が先頭に立ったというから、全学の共闘だったのだろう。

現在の学生デモは授業内容の低下に抗議しておこなわれていると伝えられる。その真相はどうであれ、ドゴール政権の矛盾を敏感に感じとっているのが学生たちであることは確かなようだ。

パリの町を歩いていると、人間が「都市美」をつくろうと努力して、百年、二百年とその努力を重ねてきた「意志」の力を感じるが、歴史の曲り角に立って、はからずも和平会談と学生デモという二つの異なったパリの表情を見て、そういうものにも伝統は顔を出すものかと、一種の感慨を覚えないわけにゆかない。

変ったパリ変らぬパリ

私が七年ぶりでパリに着いたのは一九六八年の夏の終りで、学生街のあるカルティエ・ラタンでは、パリ名物の石だたみの道のうえを、アスファルトであつくおおう工事がすすんでいた。学生街のまん中を通るサン・ミッシェル大通りの太い並木が何本も切りたおされていたり、サン・ジェルマン大通りのかどにあるクリュニー美術館の頑丈な鉄柵が三十メートル近くもぎとられたりしていて、五月事件の激しさを物語っていただけに、アスファルトで道をぬりこめるといった対策にも、どこか笑えぬものがあったが、一部でうわさされたような騒ぎもなく、マロニエは黄葉し、例年よりは暖かい秋の静かな日々がつづいた。

ゴンクール賞はじめ各種の文学賞もきまり、この年は『ハドリアヌス帝の回想』で日本でも読者のあるユルスナル女史が『黒の過程』で全員一致の票を得てフェミナ賞に推されたりして、新聞、放送、サロンの話題もにぎやかで、いかにもパリが「シーズン」

にはいったという感じである。とくにその秋は川端康成氏のノーベル賞受賞で、どの書店にも『雪国』や『千羽鶴』の仏訳がつまれ、書店の話では売れゆきも上々とのことだ。音楽会もオイストラフ、リフテルのジョイント・リサイタルがオペラ座で花々しく行われたのを筆頭に、例年のようにスターン、コーガン、アラウ、フランソワ、アシュケナージ等々巨匠名手が顔をならべ、国立放送管弦楽団をはじめ各楽団、教会関係の音楽会など毎週目白押しに並んでいる感じで、久々にこの町を訪れた日にはちょっと壮観である。

芝居、オペラなども古典に新しい演出を加え、新作も意欲的にとり入れて、十年前よりは、たしかに激しい動きが底流しているのが見うけられる。五月事件がもとでオデオン座を追放されたジャン・ルイ・バローが、ボクシング場で有名なエリゼー・モンマルトルでラブレーを十二月十二日から上演しているのも、いかにもこのシーズンらしい話題だ。

夏の終りから初秋にかけて、店のしまった、閑散としたサン・ジェルマン大通りに、絵をかいたり、ギターをひいたりして金を集めていたヴァカンス帰りの若者がいたのがうそのような、曇った初冬の空の下の昔ながらのいきいきしたパリの表情である。

こうした初冬の午前、ぼんやりカフェのテラスにすわっていると淡い霧の流れる冷たい大気、落葉を道路のわきの清掃用水の流れのなかにはきこんでいるアルジェリア人の道路清掃人、新型にまじって相変らず走っているクリームと緑の箱型バス、端麗な家のならび、町かどで手をあげている交通巡査——そういった日々のこの町の風物も以前のままで、七年間も空白があったなどとはどうしても思えない。ちょっとうたた寝してそして目をさましたような感じがする。

にもかかわらず、しばらく住んでいるうち何か説明しえない変化が、人々の指摘するように、やはりこの七年のあいだにおこっているのを、私も徐々に感じるようになった。

私がパリをはなれたのは一九六一年で、ドゴールが登場したとはいえ、まだアルジェリア戦争でフランスが苦悩しているときだった。それよりさらに四年ほど前、はじめて船でマルセイユにつき、汽車でパリにはいったころは、この町にもまだ戦後のにおいが残っていた。

その後、アルジェリア戦争の終結と、それにつづくフランスの栄光政策で、ドゴールの政権は第四共和国下では想像できないような繁栄をとりもどした。フランスが世界の第三勢力を夢みたのが当然のような状況が事実あったのであり、そのころフランスから帰ってくる留学生の印象は、数年しか違わないのに、すでに私のそれとは、かなりへだたりのあるもののように感じられた。

私がこの町にきて、昔ながらの変らぬ表情をなつかしく見いだしてほっとしたのも、また人々が言うその変化なるものがどういうものか、注意してみたのも、実はこうした事情がそこに介在していたからである。

たしかに変化はいたるところにあった。日々の生活の繁栄をのぞいても、たとえば建物の白さ。むろん私も話には聞いていたが、これほど徹底して、パリの黒い建物という建物を洗うとは思ってもみなかった。いまはとうとうノートル・ダムを洗いだした。巨大な建物に足場を組み、緑色のおおいをかけ水をふきつけて洗ってゆく。ノートル・ダムはいま緑の大きな衣で顔をおおわれた恰好である。

しかしその結果、かつては黒と白の、冷やかな高貴さとでも言うような印象をもったパリの外観が、明るい典雅な感じに変ったことも事実のようだ。それはたしかに過去にとらわれず、新しい未来にむかって出発した第五共和国のヴィジョンを物語っているかに見える。その他、モンパルナス駅に代表されるような高層建築、パリ周辺の衛星都市のおどろくべき発展、オペラ座のバロック式天井画をシャガールの絵で入れかえるといったような思い切った改造、書店につみあげられた新しい意匠の書物、英独はじめ各国の文学や哲学の翻訳の洪水、カフェやホテルでしきりに耳にするようになった英語――こういったものは、かつてのフランスを知る人には信じられぬような変りようとして目にうつるに違いない。

たとえば私たちはフランスの書物といえば、ペーパーナイフで厚ぼったい紙を切りながら読む、いかにもアナトール・フランスとかギュスターヴ・カーンといった世紀末の、象徴派ふうな、象牙彫刻と浮世絵と暗い風景画に飾られた書斎の感じを思いだしたものである。たまたま古本屋で買う革装の書物は、そうした書斎のにおいを一身にしみこませて、ページをあけるたびに、乾いた音がして、その音とともに、ラシーヌやフローベールやボードレールの世界がゆらめき出てきたものだった。その後、現代の清新な雰囲気を体現して、アルジェリアの太陽やスポーツの快楽や革命の情熱をフランスの新文学がうたいあげたときにも、こうした書斎の落着いた沈鬱な雰囲気は、この国によどんでいたといっていい。

それはまた、頑丈な靴をながいことはいていたり、ルノー4CVにあのなつかしい灰色しか塗装しなかったり、シトロエンの幌型を持てば、アメリカの新型車など、肩をすくめるだけで無視したり、廊下の電気が一分たてば消える装置をつけたりする、この国特有の気質と密接に結びついているものだった。カントにもヘーゲルにもあまり縁がなかった。外国文学を読もうというほどの人は原書がよめるので、翻訳などもあまり出なかった。

それは、別の見方からすれば、農民型の気質であり、自国以外を問題としない中華思想であり、消費をおそれて安逸に暮す年金生活者の心情であり、頑迷な個人主義と行きすぎた打算主義の結果であると見られなくはなかった。

しかしこうしたフランス的心情や生活が、同時に、「人間」という観念にとくに鋭い関心をもつユマニスムの文学をこの国に生みだした基盤であり、また多様なフランス映画、音楽を養う土壌であり、恋のギャラントリーやおいしいパンや葡萄酒や陽気、快活な生き方などをささえている土台であるということも、私などは忘れることができないのである。

もしフランスが変ったとして、こうしたものまで変ったらどういうことになるだろうか。私はその辺のことが実は多少心配だったのである。

もちろんその国の深みでおこる変化など、私のような一外国人の目にとらえられるはずはないが、しかし目に見えるかぎりのこうした変化を追ってみても、そこに何かこの国が曲りかどに立たされているのがわかる。ということは、世界そのものが大きな曲りかどに立たされていることであり、ソ連、東欧を経た旅行のあいだ、私はただそのことだけを考えさせられていた。

ちょうどプラハを出て二週間後、ロンドンに着いたとき、私たちはソ連軍のチェコ介入を知った。プラハでは自由化を真剣に考えている知識人たちの話をきき、町の広場で対話したり討論したりする民衆を見てきた直後だっただけに、そのショックは大きかった。そしてパリについて私はル・モンド紙、エキスプレス誌、ラジオなどが正確に精力的に、人間と自由の立場を擁護しながら、熱烈に報道しつづけるのを見て感動した。フランス共産党が党はじまって以来のソ連非難をした雰囲気は、あのころの全般的な風潮のなかにも感じられたのである。

しかし私がもっとも感動したのは、こうした事件を単に政治や社会の現象に限定せず、人間の運命、生き方にかかわる問題として取りあつかう知識人、報道人たちの、いわばモラルの感覚が、たえずそこに生きていたという点だった。もちろん客観的なニュースとして時々刻々の状況を記録するというごとき即物的な報道もあった。しかし全体に感じられるのは、一人一人が対岸の火事を見るという態度でなく、切実な人間全体に提起された問題としてそれを取りあつかっているということだった。それは地理的にチェコが近いということだけから生れているのではなかった。それは実に政治経済や文化に対するフランス人の感覚が本来そういう働きをするという証明のようなものだったのである。

これは私が前にフランスにいるあいだ、心のなかに深くしみこんでいた感覚だと思っていたにもかかわらず、あらためてパリの夏の終りの並木道を歩きながら、いかにそうしたものがいままで自分の周囲に稀薄だったかを、痛感した。

リルケは比喩的に「人はパリに死を見つけにやってくる」というふうに言っているが、ある意味で、それはいまも当っていると思う。「死を見つける」とは逆に「人生」とは何かを深く考えることであり、その意味では、パリでは民衆にいたるまで、程度の差こそあれ、「人生」に対する感覚が働いているといっていい。それは何もむずかしいことを言ったり、考えたりするのではなく、ごく自然のこととして、自分の「人生」や「死」に対して真面目な態度がとれるということだ。そういう態度が日々の生活の基礎にあり、それにもとづいて行動しているということである。

パリにおけるほど浮浪者が深く内に悲しみをもってうずくまっている都市は他にない。夏にはセーヌ沿いの橋の下で、いまはメトロのベンチで、彼らは酔いつぶれ、きたない外套のえりをたてて眠りこけている。しかしそこには言いしれぬ人生の悲哀がある。それは社会福祉などとは違った次元の問題である。そこには精神の悲しみがあり、そうした「悲しみ」に対する感覚が、この町には生きているのである。怒りはあっても軽蔑や嘲笑はない。

私がチェコ事件の報道に感じたものは、こうした感覚と共通したものだった。政治事件がいわば精神のあり方の次元から取りあつかわれていた。政治は政治、人間の内面は内面、というふうに切りはなされていなかった。それも、ことさらそうだというのではなく、自然の感じ方、書き方のなかにそれがしみこんでいた。比喩的な言い方をすれば、大臣も哲学者であり、哲学者も報道人である社会の体質が、そこに全き形で現われていたのだった。ひとりマルローがそうであり、サルトルがそうであるというだけでなく、この社会を構成する全員の体質に、そういう要素がそなわっているという意味において、私は、そこに文明の空間というものを感じないわけにゆかなかった。

もちろんこういうフランスを見いだしたことは何より大きなよろこびだった。なおそこには無限の未来をはらむ要素があるからだ。古い伝統にもかかわらず、ほとんどヨーロッパで随一の活発な精神活動をつづけているのも、こうした「精神」と「人間」への深い敬意と真面目な態度の結果だといっていい。

しかし五月事件以後、ドゴール体制の内面に激化した危機が、こうしたフランス精神をゆすぶっているのも事実である。さきに述べたさまざまな変化がまずそのあらわれと見られよう。またかつては自己の精神的優位と遺産のゆえに、心から敬意を払っていたようには見えないアメリカへの、ここ数年来の、態度の変化は、フランスもようやく「アメリカの挑戦」に気づきはじめ、新しいコンピューターの時代、テクノクラシーの時代への、苦しい脱皮をとげようとする象徴といえる。カルティエ・ラタンのカフェの給仕まで英語の片言を口にするのは、ドゴールの栄光政策と相反するようでいながら、ドゴールの高級官僚、テクノクラートによるフランス国家の体質改善と、民衆が本能的に感じている新時代への機運とは、実は一つの根につながっていることの証拠であろう。そしてその民衆がドゴール体制を批判しつつも、そこに最後の望みを託すのは、こうした共通の基盤があるからだともいえる。

現在のパリの骨格は前世紀末にほぼできあがっている。そして戦前まで約一世紀近く経済成長もほとんど零という状況がつづいた。そこで完成したものは、すくなくとも戦前までは、それにつけくわえるものを必要としない自足的な、閉鎖的なものだったといっていい。それだけに現在、新しい歴史の時代にむかって、より効果的な社会形態をつくるには、その都市も生活も心情も、かたい殻のように、フランス人にまつわりついているのも事実だろう。大学問題、教育体制の改造も、こうした新しい社会構成をうちだすための努力であり、すでにここ何年来、懸案のものだ。

またアルジェリア人はじめ旧植民地の黒人、スペイン、イタリア、ギリシア人などが多数流れこみ、さまざまな問題をかかえていることも否みがたい。おそらく私が秋から冬にかけて感じた変化は、すべてこうした動きと切りはなすことができない。そしてそこにはなお変らぬパリの姿があり、人間精神へのこのいきいきした信頼が生きている。

五月事件の根底にも、こうした人間性や自由回復の欲求が強く動いていたことは、ポスターや壁書きのスローガンを見てもわかる。そしてドゴールの政治的手腕の鋭さだけではなく、こうした反対派に対する人間洞察力の深さといったものも、この国の政治の体質が、いかに人間精神の尊厳のうえに築かれているかをよく示している。むろんフランスの苦悩はなお深く、ながいだろう。しかし新しい技術時代が非人間化を促進するものであったら、それへのフランスの適応の仕方は、あくまで「人間化」の方向においておこなわれるにちがいない。その道が、よしんば苦労の多い道であっても、この国はそれを選ぶにちがいないと思う。変ったパリと変らぬパリを見ながら、私の思いは、どうしてもそこから離れないようである。

フランスの知恵

昨年(一九六八年)、私がパリに着いたのは、五月事件から三ヵ月ほどたった夏の終りで、カルティエ・ラタンのいたるところに、事件の激しさを物語る傷痕が残っていた。そして「あの事件に間に合うように来なかったのは残念なことだった」と何人かの人々から言われた。ある人は戦前の人民戦線の大ストライキ以上に素晴らしい盛りあがりだったと言い、また別の人は、人々のあいだに深い連帯感が奇蹟のように生れたと語っていた。

じじつ、こうしたパリの住民たちの反応は、どこか、不意に訪れた祭典を追憶する人のような、なつかしさと熱っぽさをともなっていた。モンマルトルの下宿のおばさんまで「あなたは五月事件を見るべきだった」と何度も繰りかえして言ったものだ。

しかし当時パリにいた日本人に聞いてみると、私が東京で見た新聞、テレビなどから想像したような事件の激しさは、誰も感じなかったらしい。これは私には、ちょっとした驚きだった。五月事件のあいだ、レストランは閉るでなし、商店も、事件の起った界限を除けば、ほぼ平常通り営業をつづけていた。食料なども別になくなるということはなかったようだ。ガソリンはなくなったが、交通が不便だった期間はそうながくはなかった。カルティエ・ラタンまで出かけなければ、格別、そうした大事件が起っているという印象を受けなかった、と言う人々もいた。

しかしこれと似たことを私も何回か経験している。たとえば十年前にドゴールが登場する前後、アルジェリアの現地軍が叛乱をおこし、オルリー飛行場に落下傘部隊や輸送機の着陸を警戒して、妨害物を並べたというニュースをきいても、やはりさしせまった危機感はなかったし、第五共和国が発足したときも、町の様子はふだんの日といささかも変っていなかった。

こんども、ドゴールが選挙に敗れた夜、カフェでおそくまで人々はテレビの開票結果を見ながら論じあっていたが、他方ピガール広場の盛り場では、いつもの夜と変りなく、大勢の人々がストリップをひやかして歩いていた。いわば葬式の日にも、私たちは三度の食事をとらなければならぬように、歴史的事件の渦中にあっても、当然のことながら、日常性はつねに共存している。ただ、遠くにいれば、こうした日常性は消え去って、事件の重大さだけが強調されるが、その渦中にあると、逆に、つねの日と変らぬ日常性が、大きく前面に出てくる、ということなのだろう。

五月事件の場合もまったく事情は同じだったと思う。にもかかわらずパリの住民のなかに、五月事件を一種の祭典のような出来事として思いかえす人がいるという事実は、あの事件が、単なる学生叛乱ではなく、もっと大きく、日常生活のなかまで、社会の共感を得る部分が、きわめて多かったということを示しているようだ。

六月に事件が終り、十一月に一度フラン切りさげの危機があり（後に一九六九年八月に切りさげられた）、最後にドゴール退場が実現したが、社会の表面にあらわれた形では、奇蹟的な祭典のごとき連帯感は二度と見られなかった。カルティエ・ラタンのカフェを右翼青年がこわしたり、高校生のストがひろがったり、ソルボンヌで散発的に授業ボイコットがあったりしたが、全体の印象としては、現実的な、地道な建設がはじまっているという感じがした。

たしかに革命的な熱狂は冷却した。ドゴール退陣後のメーデーのデモは、無用の混乱をさけるため、共産党もCGTも取りやめた。がらんとした町々には、鈴蘭売りだけが店をだしていた。

しかしそんな町を歩きながら、私などは、フランスの政治の体質が、この日常生活のなかに生きている人々全体をふくめた、本当の民衆のうえに成りたっていることを、感じないわけにはゆかなかった。

たとえば大学改造問題にしても、新聞が毎日大きなスペースをとって、現状糊塗ではない「熱い」議論をのせているし、教育体系へのメスも真に深部にまで届いているようだし、それに対して人々も真剣な眼をそそいでいる。「大学立法」などで乗り切ろうというような姿勢は政府の側にもない。

それは教育問題を本当の意味で解決しなければ、社会の生命がとまってしまうことを、誰よりも、民衆の一人一人が承知しているからだといえる。何が実際に大切であるかという判断の基準を、そうした民衆全体で、狂うことなく保っているといえるかもしれない。

卑近な例で適当ではないが、たとえば盛り場のストリップ劇場の裸の美女の看板、写真などは、夜八時までは、どれも覆いをかけられている。ただ見ただけでは、何の劇場かわからない。「自由なパリで?」と人々はいぶかるが、事実なのだ。これなども、欺瞞というより、やはり品位とか、教育とかの効果から見た知恵のあるやり方だと見るべきだろう。

知恵というものは、ただ理屈だけでは、さばくことのできない問題をも、柔軟にときほぐしてゆく。人間の行動が理性と感情から成りたつ以上、それをただ論理だけで、ゴリ押しに押しても制御しきれるものではない。そこには情念や欲望にも働きかけうる知恵を用いる必要がある。そして私たちの生活の基礎にある日常性の政治に働きかけるものこそ、こうした幅のある知恵だといえまいか。

攻撃する側にも知恵があり、守る側にも知恵があることによって、単なる理論や、焦燥や、絶望感や、憎悪や、性急な正義感から生れる無益なロスを、社会は避けることができるのではないか。

現在フランスの政治的、経済的危機は深刻だが、民衆の生活の内容の豊かさや、落ち着いた生活のテンポはそれによって崩れていない。その底には民衆の成熟した知恵がある。最近の日本のさまざまな状況からみて、そのことは一そう身にしみて感じられるような気がする。

パリの雀のことなど

パリに住んでいた最初の二年ほど、私は、どうにも突破できない問題に苛《さいな》まれて、鬱屈した日々を送っていたことがある。私の住んでいたカンパーニュ・プルミエール街はモンパルナス界隈で画家も多く、なくなったフジタも斜め向いのアトリエに住んでいた。私がいたのは、通りから奥まった、古い、ひっそりした建物で、僧院の庭のような日の当らない中庭を囲んでいて、西側の蔦の覆った石塀の上に、遠くエッフェル塔が見えていた。

私は週二回学校に出るほかは、図書館で終日過すか、公園で本を読んだり、ものを考えたりした。一日の時間はのろのろと過ぎ、私は古い大都会の片隅に忘れられたようにして暮していた。

そうしたある春の午前、私が外から帰ってくると、中庭へ入る石だたみの細長い通路の上を、一羽の雀が何か蘂しべのようなものをくわえて、飛びあがろうとしているのを見たのである。その藁のようなものは、雀の飛翔力に対して、重すぎたのか、雀は通路から飛びあがりそこねて、羽をばたつかせながら、そばの植込みのなかに落ち、そこからもう一度、よろけるようにして飛びあがっていったのだった。

雀の羽はこんどもばたついたが、それでもうまく塀のうえをこえ、木立の枝にとまることもなく、巣をかけているらしい屋根の向うへ姿を消していった。

そのとき、私はふと「なぜ鳥は巣をつくるのだろうか。造巣本能というが、何が鳥を駆って巣をつくらせるように促すのだろうか」と思った。なぜ鳥は巣をつくろうと思い、一つ一つああして藁や小枝や綿屑を集め、そしてできあがったとき、そうした造巣行為をやめるのだろうか。

こうした疑問は、その当時私を悩ましていた問題――小説とは何か、人はなぜ小説を書くのか、小説形式とは何なのか、小説形式でしか表現しえない内容とはどんなものなのか、という問題――と結びついた疑問として、私のなかに自然に生れてきたように思う。つまり私は、鳥の造巣行為をうまく説明できれば、自分が抱えこんでいた文学的問題にも、どこか突破口が見つかるような気がしたのである。

といって、私は動物学の本を読むこともなければ、行動心理学の参考書に当ることもしなかった。私には単純にそうした雀の行動に説明のつく図式が見いだせれば、それで十分なように思えたし、そうした推論の過程そのものが自分の思索を深める機縁とも考えられたからである。

私は図書館で小説論や美学などに倦んだとき、また公園を歩いているとき、考えるともなく、雀の造巣行為をめぐって自分が思い屈していたことを、いまもはっきりと思いだす。私は、羽をばたつかせる雀を思い浮べながら、彼を駆りたてる行動の構造について、考えつづけたのである。

そうしたある日、公園を横切って学生食堂に向って歩いている途中、「なぜ私は学生食堂に向って歩こうとしているのだろうか」という疑問がうまれた。この問いは、前の造巣行為に関する疑問と極めて密接しているように思えた。そして私はあれこれと推論したあげく、こう結論した。

「空腹その他の理由により、私は学生食堂で食事をとろうと欲する。つまり私は（意識するにせよしないにせよ）心の中に、学生食堂に坐り、そこで食事をする自分を、予め思いえがくのである。ところが、今の自分は、まだ学生食堂にはいない。言いかえると、本来の願わしい姿（食堂で食事をする）から見ると、今の自分は、その欠如態（食堂に居らず、食事をしていない）である。したがって、その欠如態を充足し、願わしい姿へと達するようにと行動を開始する。私が公園を横切って食堂に向っているのは、この欠如の充足に他ならない」

　すると、私はすぐに造巣行為を次のように推論することができた。

「雀にとって、何らかの理由により、完成した巣が予見される時機があるにちがいない。しかし現実に巣は欠如している。すると、この欠如を充足したい欲求が必然的にうまれる。小枝を運ぶ行為の一つ一つは、この充足の行為であるにちがいない」

　もちろん推論したからといって、このことが動物学的に見て正確かどうかということは、私の問題外であった。私にとって意味があったのは、私たちがまず欲望対象の全体を予見するということ、そしてその予見の結果に、欲望するものが欠如していると感じること――その二つだった。私たちがあるものをすでに所有していると思い、同時にまだ所有していないと気づくとき、私たちは、そのあるものの欠如感を味わうのである。この欠如感は、何ものかを観念的に先取することなしには生じないし、また欠如感なくしては欲望も生れないのである。

　その後、私はこの単純な原理をもとにして、さまざまな応用問題を解いてみたが、その一つに作品、ないし、ある一つの文の作成という課題があった。この原理にしたがうと、作品（または意味のある一つの文）は、一つ一つの単語を積み重ねて、その結果に到達する意味完結体というものではなく、あらかじめ直観的に、欲すべき「全体」をつかみとっていて、しかもその予取した「全体」は実現されていない。つまりその「全体」が欠如しているのを感じる。そこで欠如を充塡し、その「全体」を現前化すべく、その現前化の方向にむかって、言語を並べてゆく——ということになる。そしてこの「現前化の方向」が言語の意味、論理、観念の連続、言語映像の発展を根拠づけているのである。

私がここで気づいたのは「部分」から「全体」へと積分されてゆく方向に私たちの行動（思考も含めて）の本質があるのではなく、「全体」を「部分」によって分節し、具体化し、より明晰な、より現実的な、（時には恒常的な）形体を与える点にあるのだ、ということだった。そしてそこから『小説への序章』の基本的な形が生れてきたのである。

もちろん思考の端緒になったこれらの動機には、単純な笑うべき要素も多く混入している。しかし私がその後東京に帰って思ったことは、さまざまな複雑精緻な観念や知識に充満している私たちの生活のなかで、ある単純な、自然の営みのような思索が、ほとんど不可能だということだった。単なる思いつきでなく、推論に推論を重ねて、ある不動の真理性に達するという思索の基本の形が、そしてその持続力が、欠如しているということだった。

私はいまも一羽の雀が屋根の間を飛ぶとき、自分が思考の歩みをゆるめていまいかと自分に問う。いつか私に、「私はかくかくであった」と過去形でしか言いえないときが来るとしても、少なくともそれまでは、思索がつねに現在形として私の中にあるように、一羽の雀が大空を斜に飛んでいるように思えてならない。

回想のシャルトル

一昨年（一九六九年）、シャルトルの大聖堂《カテドラル》を見に出かけたとき、町の様子が一昔前とはずいぶん変ったなと思った。町の自動車も多くなっていたし、町の周囲も住宅がふえ、荒れた感じで、こんな町にも観光化の波が押しよせるのかと、一種の感慨があった。

一九五七年に、はじめてシャルトルを訪ねた頃、私たちはつねにパリのモンパルナス駅から郊外列車で行った。いまの高層ビルに変る前のモンパルナス駅には、ある物悲しい情緒があり、モジリアニやマクス・ジャコブの気分があった。帰郷する兵隊などが、木製のトランクをさげていた。シャルトルの町にもひなびた中世的な気分が漂っていた。

そんな頃のある日、私と妻はシャルトルで列車に乗りおくれたことがあった。次の列車は夜八時すぎで、それまで三時間待たなければならなかった。私たちは空腹で、パリに帰るまで、とても我慢できそうになかった。

その日は運わるく所持金がぎりぎりで、一人分の食事しかできない勘定だった。しかし私たちは勇気を出して、大聖堂のそばの、明るい、楽しそうな、清潔なレストランに入って、一人前の食事を注文した。

「今日は、お金が足りないものだから」

私は注文をとりに来た太った主人に、言いわけがましく、そう言った。

しばらくすると、主人はスープを運んできて私たちの前に皿を置いた。スープは二人分なのである。私は、あわてた。私のフランス語が通じなかったのだろうと思ったからだった。

しかし主人は、私のくどくど言う説明に、片眼をつぶってみせ、まあ、自分にまかせておき、という身ぶりをした。その夜の食事は申し分なかった。葡萄酒もうまかった。鳥のクリーム煮もうまかった。テーブル・クロスは赤のチェックで、無駄な飾りがなく、清楚で、気持がよかった。そして何よりも太った主人の給仕に気合いが入っていた。

窓の外には、照明された大聖堂が、昼よりも、立体感を強調されて、夜空に、堂々とそびえていた。私は勘定のことが、なお、多少不安であった。しかしいずれまた来ることもあるし、その時払えば、というような気持でいた。

しかしいざ勘定となると、太った主人は、一人分でいいと言ってきかなかった。むろん私は所持金のすべてを払ったのだが、それは辛うじて一人前の料金をこえる程度でしかなかった。

一昨年シャルトルに行ったとき、その店に寄ったが、太った主人はいなかった。店の外観は変っていなかったが、内部は改装され、ずっと広くなっていた。そして料理の味も気分も以前と同じではなかった。しかしそれでも私はその辺に私たちの若かった時代が残り、人々の親切にまもられていた幸福が漂っているような気がした。若かった私たちが、そこらを困りきって歩いているような気がした……。

もしいま人に、どこのフランス料理が一番おいしかったか、と訊かれたら、私は躊躇せずマキシムでもトゥール・ダルジャンでもなく、この片田舎の太った主人の出してくれた食事だったと答えたい。食事のうまさとは、ただその味だけでなく、それを差し出してくれる人の心意気によっても支えられている、と私は考えるからである。いや、それを教わったのが、その店だったから、と言うべきだろうか。

近い旅遠い旅

一九七二年十月に短い休暇を使って、雑誌に連載中の『春の戴冠』の取材のために、モスクワ経由でパリに出かけたが、考えてみると、私が東京から直接パリに飛んだのは、その時が初めてのことであった。

最初の旅はいまからもう十五年も前のことで、フランス郵船のカンボジア号で三十三日の航海だった。私は生れてはじめての遠洋航海に胸が躍ったし、赤道直下の国々に小説的な幻想を味わうことができた。

二度目の旅は飛行機で飛んだが、パリに着くまで近東や東欧諸国を一カ月ほど廻り道をして、ファンタスティックな経験を重ねていった。

三度目の直行便で、私は初めて東京の匂いを身体につけたまま、パリ空港に降りたった。東京は正午だったが、日没を追って飛びつづけたので、パリではまだ宵の雑踏の残る十時すぎだった。定刻に着けば八時半のはずであり、芝居にも音楽会にも間に合う時間だった。

実に遅まきながら、私はこのジェット機時代の空間・時間感覚の変化を痛感した。あの三十三日の航海は、今から思うと、気の遠くなるような長さだった。あの頃、フランスもドイツもはるばる遠い国だと思ったのは当然だった。それはただ空間的に遠いだけではなく、飛び魚が飛んだり、鱶が灰色の背をのぞかせたりする幻想的な南海の国々の向うにある、ほとんど童話の国に似た遠さなのであった。

しかしパリ直行便はそんな幻想を子供じみた一片の感傷として退けてしまう。むろんそこにも旅立ちの興奮があり、空を飛ぶ冒険的な昂揚感はみなぎっている。だが、旅行者を支配しているのは、なお日常的な、多忙な、やや埃っぽいリズムであり、雰囲気である。遠眼に見る空港には孤独の影はあるが、しかしそれは都会生活が孤独であるという限りにおける孤独である。そこにつきまとうのは、〈日常〉という、この日々の、単調な、無感動的な惰性である。

私がパリの町に入ったとき、いつもながらの感動のほかに、一種特別な感覚がつきまとっていたが、それは実は、東京の〈日常〉を、着古した外套のようにまだ身につけていたことから生れていたようだ。

考えようによれば、そのために突然現出した異国の都会が、いっそう幻想的な趣をもって見えてくる、ということはありうる。事実、私は何日もそうした酩酊感からさめることができなかった。

しかしそれ以上に強いのは、東京の〈日常〉がそのまま何ら質的な変化をとげずに、パリの日常に接合されている、という実感だった。ごく健全な感覚として、銀座の通りは、同じくシャンゼリゼーの大通りにつながっていた。そこを歩くのは、夢の中の人物ではなく、向う三軒両隣の人間と同じ人間だった。新宿でショッピングをしたその翌日、同じ気持でサン・トノレをショッピングできるのであった。

私はこういう実感が西欧文化やパリ生活の神格化、神秘化を排除し、いつわりのヴェールを剝ぎとったことを、やはりいいことだと思わずにいられなかった。少数の旅行者、少数の外国文学者の手に、外国事情が特権的に握られている時代が終ったことを、しみじみ喜ばずにはいられなかった。

しかし同時に、そこに多少の危惧を感じたのも事実だった。それは、こうした神秘のヴェールを剝いで、正体を見とどけた、と考えるその見方の中に、東京から引きずっていった埃っぽい〈日常〉が、居すわりつづけているということに対する危惧なのであった。

最近多くなった団体旅行の場合、こうした〈日常〉は、自明のこととして運ばれてゆいほどである。むしろ〈日常〉の外に出ないで旅行するために団体という形をとる、と言ってもいいほどである。

私はこの〈日常〉の感覚が外国神秘化のヴェールを剝ぎとったことに時代の変化を感じたし、新しい出発の地盤がそこに生れているとも思ったが、半面、そのことが、物事の真実を直観させる、非日常的な、魂の、冒険的な昂揚の機会を、極端に狭めていることにも気づかないわけにゆかなかった。

新宿をショッピングするのと同じ気持でシャンゼリゼーをショッピングできることは、深刻な顔をしてパリを歩きまわるより、たしかに自然なことであり、いいことである、と私は思う。だが、問題は、それによって物事の真実をつかむ唯一無二の機会が失われることがあるのではないか、という点である。

〈日常〉の感覚はたしかに大切である。しかし時には〈日常〉を脱して、魂の目くらむ昂揚を経験することも、人生を豊かにする大切な方法なのだ。旅はその稀な機会であるし、西欧社会は、そうした昂揚した魂に、実に多くの精神の糧を与えてくれる風土なのである。その西欧の町々を、単なるショッピングの眼で眺めることは、いかにそれが〈現実〉の実態を見る眼であろうと、私は、何も見ていない眼ではなかろうか、と思ったのだった。

西欧の町々を遠い童話の国として見るのは滑稽だが、しかしこのような低い〈日常〉の眼で見る場合、それが語りかけるものも、日本の現実が語りかけるのと同じく、埃っぽい、単調な、ありきたりの事柄にすぎない。

私たち個人のなかでも、日常的な活動の奥底に、深い、ひとりきりの、生死と対決した魂の領域を持っている。私たちがビジネスや日常的交際のほかに、真に愛や友情で結びつく人間関係を願うのは、この深い魂の次元での交流によって、私たちが真に人間らしさを取戻すことを知っているからである。

これは、同じように一つの文明にも当てはまる。西欧社会も、〈日常〉の眼で見れば、日本の現実と同じ変哲もない社会である。しかしその文明を形づくる魂の原型は、そうした日常の奥に沈み、その社会の根底で、いきいきと働きつづけている。

パリのノートル・ダムの美しさを、観光の対象として、カメラにおさめることは悪くはないが、それだけでノートル・ダムが忘れられたら、やはりこの大寺院について何も見ていない、と言わなくてはならないだろう。私たちは石を一つ一つ築いて、あの大寺院をつくった中世西欧の〈激しさ〉をそこで追体験しなければならないし、大オルガンの響きの中で、たとえ神を信じ得ぬ現代の子でも、その人間精神のひたむきな在り様《よう》には深い共感を寄せなくてはなるまい。おそらくこうした態度だけが、文明を、その深い相貌において捉える方法ではなかろうか。

こんどの旅は一ヵ月足らずの短いものだったが、それにもかかわらず人間の生が〈死〉の一点に向っているという敬虔な、ひたむきな西欧の生き方が、石だたみの一つ一つに刻みこまれているのを、私は旅のあいだじゅう感じつづけないわけにはゆかなかった。

パリ——夢と現実

いろいろなパリがあっていい。百人いれば百様のパリがあるのは当然だろう。まして、ここ二十年、パリは変貌に変貌を重ねている。

私が初めて住んだパリは、灰色の空の下で、黒ずんだ建物が、固く、冷たく、拒むような端正さで続いている、そんなパリであった。時間は前世紀そのままにひっそり流れていた。私は夕暮、セーヌから吹いてくる冷たい風の中で、ふと、黒い外套を着たリルケに出会うような気がした。あの頃のパリにあったものは、悲惨と貧困だったのか、それとも、孤独に隈どりされた人生の深い表情だったのか、今になってもわからない。

篠山紀信の写真集『パリ』を見ていると、私ははからずも、二十年前、私のまわりに息づいていたこうしたパリが、なまなましく蘇ってくるのを感じた。もちろんここにあるのは消えゆく〈古きパリ〉への哀惜ではない。哀惜であるにしては、カメラの眼はあまりに貪婪だ。ここには哀傷もなければ、挽歌もない。何かあるとすれば、この壁の上に流れた時間に対する深い共感だ。そして時間に対する共感は、ここを過ぎていった〈人生〉に対する——おそらく〈人生〉という不運に対する——慟哭と呼んでもいいものだ。

パリはなぜこのようにあらわに人間の〈不運〉を語るのか。だいたい大都会というものは、人生の劇を冷酷無残に強いながら、その巨大な胃袋のなかに、すべてを一瞬にしてのみこんでゆく。しかしパリでは、うつろな眼のような窓にせよ、重い靴の下で軋る廻り階段にせよ、そこを横切った〈人生〉を、語りつづけてやまないのである。

物質の持つ〈詩〉と人は言うかもしれない。初期のユトリロの心をゆさぶり、末期の佐伯祐三の魂を熱狂させた、このくずれゆく壁の感触の荒廃美。時の流れの中で腐蝕し、埃りをかぶり、金属の髄まで干涸らびたかに見える門扉の鋳鉄の金具。寒々とした愛の営みのあとで女たちが悔恨と絶望の中で洗滌器《ビデ》の水を使った裏町の安ホテル。アルジェリアやスペインから出稼ぎにきた貧困な人々が、眼だけ光らせている暗く古い家々。パリの職人たちが背中を丸めて一日仕事にかかりきっている森閑とした仕事場《アトリエ》。そして町から町へと亡霊のようにさまよい歩く人々の足ですりへった滑らかな石だたみの感触——こうしたものは、昼から夜へと、時を刻んでゆく刻々の表情を通して、私を魅惑し、時に、物狂おしい気持にしていったことを思い出す。

人生がこれほど心を動かすのは、つまりは人生が〈不運〉であることを避けられないからではないのか、人は〈不運〉であることによって、かえって一つの〈詩〉を生きるのではないのか——私は冷たい晩秋の曇り日の午後、カルティエ・ラタンやマレー地区の古い曲りくねった通りを歩きながら、そう考えたものだ。たまたまセーヌ街やボ・ザール街で骨董店のショーウインドーの前に佇むとき、そこに蒼白い美しい女が、首をうなだれて坐っていないのが嘘のような気がした。この華麗なベル・エポックの夢——アール・ヌーヴォーの数々の追憶は、ひたすら人生の〈不運〉の嘆きの歌に、私には、見えたのだ。

人生の孤独を、はかなさを、すれ違いを、誤解を、幻滅を、なんと人々はかくもなまなましく語りつづけてやまないのであろう。一枚のショーウインドーのガラス板は、骨董品を人々の前に並べているのではない。それは篠山紀信の写真が示すように、一枚の鏡となることによって、そこに暗く立ちすくむ生の恐怖を映しだしていたのであった。

パリで人々は現実の夢のなさを、このような夢の模造品の数々を通して学ぶのである。パリの酷薄なあの冷たさを通過した眼には、たとえばポルノ論議など、まだ人生の救いとすら見える。ここには刻々に冷えてゆく精密な狂気だけがある。ほのかな光のなかを——午後の薄明りのなかを——さまよい出る一人の盲人を見るがいい。共同水道からポタポタと水が滴りつづける。どこか近くの空き倉庫で、木箱をトラックからおろしている音が聞える。男も女も働いている。暗い仕事場で。ひっそりした事務室で。そして短い愛と長い忍耐のあと、ある日、ひっそり死神が大鎌を持って、歓楽にあけ暮れする大通りをかすめ、人生という〈不運〉に終止符を打つのだ。

人々は日常それに気づかない。ただパリだけが〈死〉をあらわに語る。だが、その後にくるものが何であるのか、人々はこのパリの写真を見ることによって知ってゆくに違いない。

風塵の街から

去年（一九八〇年）の六月からパリのカルティエ・ラタン（ラテン区）の奥に住んでいる。もうそろそろ十ヵ月になろうとしているが、とてもそんな時間が流れたような気がしない。朝に夕に、時間が過ぎ去るのが名残り惜しいような気持である。

日々を惜別の思いで暮らすのは、何か生活を美的に遠く見ているように思えるが、私としては決してそうではなく、結構こちらの生活の網目に取りまかれている。週に一度だが、パリ大学での講義もある。出版関係の交渉もある。それより何より連載小説の執筆がある。日によって一日二十四時間しかないのが残念なような気がすることもある。

私は、仕事をするのも、散歩をするのも、ほとんど同じように楽しいので、忙しいことはいっこうに苦にならない。むしろ時間が惜まれるのは、刻々に楽しさの余韻があとを引いているからだろう。

私の住んでいる街は、パンテオンの大ドームの裏手にあり、アンリ四世高校の裏門と向き合っている。『パリ市街辞典』によると、中世の頃、ノートル・ダムの前を出てローマに向う巡礼たちが聖《サント》ジュヌヴィエーヴの丘を登って、イタリア門を目ざして旅立つとき、辿っていったのが聖《サント》ジュヌヴィエーヴ丘街から我が家の前を通ってムフタール街に下りてゆくこの街道だったという。

私のアパルトマンの裏手の緑の木立の繁った先に、現在も、十二世紀にフィリップ・オーギュストが建てさせた城壁のあとが見えている。この城壁は五十メートルほどつづいていて、その端がクロヴィス街に迫り出している。観光客がこの城壁の前の標示板の文字を読んで感慨深げな面持をしているのをよく見かける。

「十二世紀にフィリップ・オーギュストが建てた城壁の一部である」

標示板にはそう書かれている。

現在、城壁の裏手の通りはカルディナル・ルモワーヌ街と呼ばれているが、これは昔の聖《サン》ヴィクトール堀《フオッセ》である。この聖《サン》ヴィクトール堀《フオッセ》は、いまのモンジュ街の交叉点にあった聖《サン》ヴィクトール門を越えて、聖《サン》ベルナール堀《フオッセ》に通じている。つまり城壁に沿って堀がつづいていたわけで、その堀《フオッセ》を埋め立てたあとを道にして、何々堀通りというふうに呼んでいるのである。

この聖《サン》ヴィクトール堀《フオッセ》を少し東に下りるとローマ時代の闘技場《アレーヌ》の遺跡がある。円形だに石を組み上げた観客席が、深々と繁る木立に囲まれていて、往時の観衆の叫びがこだました様子を想像させる。かなり新しい石を補って復元しているが、あきらかにローマ時代のものと覚しい風雨に晒された石もある。こうした古い白亜質の石の肌に触ると、遠い時代の生命のぬくもりが残っているように思えて、何か時間のはかなさというようなものを感じる。ヴィヨンではないが、かつてここで喚声をあげていた人たちはどこへいったのだろう——そんな思いが心を去来する。

ローマ時代の遺跡としては、ほかに、聖《サン》ミッシェル大通りと聖《サン》ジェルマン大通りの交叉するクリュニーの角の「ユリアヌスの浴場跡」と呼ばれている建造物が有名である。これは例の「一角獣のタピスリ」を展示しているクリュニー美術館とつづいていて、内部の広々としたローマふうの空間感覚を楽しむことができる。外の鉄柵ごしに見ると、マロニエの大木の下で、ざらついた白い石が、いかにも時の流れに磨り減ったというように、とけたような丸みを帯びている。赤い薄板煉瓦を三段重ねてその上に四角い石を積み、さらに薄板煉瓦を三段重ねるというガロ・ロマン様式の石組みが、ここにもはっきり見てとれる。

最近行われた「聖《サント》ジュヌヴィエーヴ丘展」によると、ユリアヌスが統治した頃のパリ(当時はルテティアと呼ばれていた)の中心は、現在のパンテオンからリュクサンブール公園の入口にいたるスフロ街のあたりで、そこに行政府の並ぶフォールムがあったらしい。スフロ街と聖《サン》ミッシェル街が交叉するところへゲーリュサック街が合流するが、ユリアヌスを担ぎ出したガリア駐屯軍の兵営があったのがゲーリュサック街だった。兵営のそばに南の公衆浴場があったらしいが、地図で見るとリュクサンブール公園と並ぶ鉱業学校の建物の辺りである。ユリアヌスの浴場と呼ばれているのは、北の公衆浴場で、そのそばに半円形の劇場があった。今のラシーヌ街のあたりである。

私の住む街はローマ時代復元地図によると、町はずれの最初の墓地に当り、キリスト教徒の墓もあったらしい。ちょうどフォールムの裏だから、何となく墓地という感じだったが、地図で確かめてみて、あらためて地相のようなものはあると感じた。隣の地下の改装工事の折、人骨が出てきたと言っていたが、ひょっとすると、ローマ時代にさかのぼるものであるのかもしれない。

この時代の公用路はいまの小橋《プチ・ポン》からまっすぐ南北に走る聖《サン》ジャック街で、わが街は墓地の中を辿る裏道にすぎなかった。ローマ人は都市計画にすぐれていたから、聖《サント》ジュヌヴィエーヴの丘のフォールムを中心に東西南北に直線路をつくっている。しかしフィリップ・オーギュストが城壁でパリを囲む頃は、かなりこの都会《まち》はごたごた建てこみ、道路なども自然発生的に曲ったり、うねったりしてきたのであろう。

現在の壮麗なパリの相貌を作ったのは十九世紀後半のオスマン男爵の都市計画である。それ以前はパンテオンのまわりも一階建のきたない家が並んでいたし、聖《サント》ジュヌヴィエーヴの丘を南に下ったゴブランの辺りは、セーヌへそそぐ川が流れていたので、朽ちた木塀や柵などに囲まれた貧民窟が、じめじめした草地に建っていた。そういう古い写真を見ていると、現在のパリがいかに十九世紀中期のパリと異るかがわかる。

それはここ二十年のあいだに起ったパリの郊外の大変化を見てもうなずける。二十年前、私たちが郊外電車で行ったムードンはリラが垣根に咲き乱れるまったくの田舎だった。ヴィル・ダヴレも人気ない池を囲む森の深い公園だった。それが現在では、パリと一続きの密集した住宅地である。ヴィル・ダヴレなど公園のぎりぎりまで家が迫っている。フランス自慢のデファンスは、高い建物や奇妙な形の建物がセーヌ沿いに競い立って、さながら未来都市のようで、フランス人の斬新な空想力を十分に発揮しているが、その新式ビルの裏手には、赤煉瓦の鉄工場や倉庫が草原に埋っている。昔はこんなところだったのだということが、それから逆に推測される。

サン・ドニもクレテーユも南のレ・レ・ローズの辺りも刻々に変貌している。パリの市街の中でも十三区や十五区には高層建築が新宿副都心なみに建っている。それが現在のやや不調和なパリの姿だ。どんなに十九世紀のパリがいいといっても、この変化を押しとどめることはできない。それは東京の場合とまったく同じである。

にもかかわらず私が、パリで最も古い界隈に住み、古さの中に沈澱する人間の生活の気配に触れることができるのは、偶然の結果とはいえ、幸運なことであった。私は知人にパリの家を捜してくれるように頼み、たまたまこのアパルトマンを見つけてもらったのだった。

思えば、私が都市というものに惹かれるようになったのは、北アフリカの古代ローマの都市廃墟を見たときだった。遠い谷間の向うにジェミラの石柱や神殿や道路が見えてきたとき、私の中を走りぬけた戦慄に似たものは、おそらく生涯消えることはないに違いない。ティムガドの遺跡で、私は都市というもののいわば原形をまざまざと見たように思った。それはアルジェリアの奥にあるローマ都市廃墟で、規模としてはジェミラより大きいだろう。中央部にフォールムがあり、官庁やユピテルの神殿が並んでおり、劇場や凱旋門なども残っていた。道路は中央を十字に貫く道路を中心に整然と碁盤状に並び、道路に沿って、人家がぎっしり連なっていた。もちろん神殿や劇場などのほかはほとんど石柱が残るか、土台石だけだったが、草のなかに散乱する石材の群れは、かえってなまなましい人間の存在感を呼び起した。

図書館跡という半円形の建物には、円形に沿って平らな石が並んでいたが、それは明らかに机として用いられたものに間違いなかった。私はその図書館の石の床を歩きまわりながら、ここの書架を埋めている書物のことを考えた。古代ギリシアの悲劇もあったろうし、哲学もあったろう。抒情詩も読まれたろうし、何巻にもわたる歴史の著述もあったろう。おそらく都市《まち》の通りでは穀物袋を山と積んだ荷車がごろごろ音を立てて通っていたに違いなく、時には駐屯軍が行進してゆく足音も聞えたはずである。

しかしこの図書館が書物で埋っていたトラヤヌス帝時代にもそうした外界の動きに心を動かさずに、図書館のなかのひっそりした空気を愛していた人はいたのである。この石の机ではプラトンを読んでいた男がいただろうし、この隅ではアナクレオンの数行を読んでは眼を青空にさ迷わせていた男もいただろう。

あるいは劇場で上演する芝居のテクストを筆写するためにエウリピデスを借り出した役者もいただろう。こちらの柱と柱の間では、気難しい司書が時どき咳こみながら、筆写奴隷たちが筆記した書物を丹念に校訂していたに違いない。

私には、そうした人の身ぶりが、息づかいが、頁をめくる音が、そこにまざまざと見えるように思えるのだった。そしてもうその頃から――いや、いや、もっともっと前から――人間は、図書館の静かな室内で本を読むのを好む人と、軍隊に加わって遥々灼熱の地へ出かけたり、商人となって地中海まで何百キロの道を馬車で走ったりするのを好む人とに分れていたのだ。夢想に生きる人と現実の仕事を得手とする人――それはすでにこのローマの都市でもはっきり分れていたのである。

夢想に生き、書物に生きる人たちは、現実にあくせくする人たちを精神的優越感をもって眺めていたであろうし、現実の生活人たちは、夢想する人々を、奇妙な、訳のわからぬ、たわごとをいう人種として、煙たく思っていたに違いない。ともかく彼らはまったく別個の世界に情熱を燃やし、自分の世界を唯一の生きる意味として没頭していたのだ。

私は図書館跡を歩きまわりながら、飲んだり食べたり愛したりするより、書くことと読むことが好きになるとは、いったいどういうことだろうかと考えた。紀元一〇〇年にこの図書館で生きていた人々は、何を思い、何を願っていたのか。

ティムガドの中心を東西南北に走るメイン・ストリートは古代ローマ人の道路にふさわしく厚い大きな石が敷きつめられ、下水道が設けられていた。そしてその頑丈な石だたみに車の轍《わだち》のあとが深く長く窪みを作っていた。それを見ると、どれほど頻繁にこの道路の上を鉄の輪をはめた車が行き来したか分るのだった。商人も軍隊も政治家も旅芸人たちも、車に乗ってこの石だたみをがらがら鳴らしながら都市《まち》を出たり、入ったりしたに違いないのだ。

轍が削《そ》ぎとっていった石の窪みに手を触れていると、そこを通りすぎていった時間の厖大な量を計っているような気がした。ここには疑いなく、動きまわっていた人々がいたのだ。この石の窪みは彼らの生の鋳型でもある。彼らは生の証をこの石の表面に刻みつけていったのだった。

だが、図書館の書棚を埋めた書物が空無にかえったように、石に轍のあとを残していった人々も煙のように消えていた。いったい彼らはどこにいったのか。彼らの喜びは、彼らの悲しみは、いったいどこにいってしまったのか。

しかし私がローマの廃墟から持ちかえったものは、人間の生のはかなさではなく、はかなさの故にいっそう生きいきと立ち上ってくる人間の生の懐しさであった。かつて図書館に坐っていた人も、車で走っていた人も、ともに夢のように消え去ってしまう以上、どちらがとくに意味があるというものではない。意味がないといえば両方とも意味がないし、意味があるといえば両方とも意味がある。

問題はそんなことより、彼らが亡び去り、二度と立ち還ることがないように、私たちも確実にそうなるということであり、その空無感が刻々に濃くなってくるということだった。都市廃墟の石材の散乱はそうした空無感を感覚的事実として私のなかに刻みこんだ。

しかしまたこの廃墟こそが、どんな他の場所よりも、人間が生きている姿をまざまざと感じさせるのも事実だった。空無感が濃くなればなるほど、かつてそこに生きた人々の姿が、くっきり、なまなましい感触を伴って浮び上ってくる。それに都市というものも、いったん石の集積に戻ってみると、かえってそれがどういうものだったのか、はっきりと見えてくるような気がした。中央に行政府を含むフォールムがあり、建物に囲まれたその四角い広場は民衆が集り、語り、叫び、生きる場所であった。神殿は民衆の魂の拠りどころであったろうし、円形劇場は彼らの魂を高揚させたろう。都市の入口には公衆浴場があって、彼らの健康と快適さを保っていた。遠く墓地があり、キリスト教公認以後、教会も建っていた。洗礼堂もあった。

それは精神から肉体にいたるあらゆる水準での生活に機能し適合しようとする巨大なメカニズムの集合体だった。古代都市であるだけに、その機能が複合されておらず、明確に見てとれて、かえって都市の意味がはっきり表現されていた。

都市とは人々が集って生きるために構成された生活空間であり、集合の結果に生れるあらゆる不都合を排除し、集合の目的である快適さをますます高めるという役割を持っている。ローマ人はその点天才的に都市を構成し、巧みに機能させた。

ローマ人にとって都市に住むのは楽しいこと、快適なことであったに違いない。地の涯の植民都市にも神殿と円形劇場と公衆浴場は必ず建設した。ガリアがどんなに古代ローマの辺境であったか『ガリア戦記』を読むまでもなく容易に想像される。その辺境の都パリ（ルテティア）にも、ローマ都市の基本の骨格はそのまま明瞭に示されている。わが聖《サント》ジュヌヴィエーヴの丘は、いわばローマ都市廃墟の上に建っている近代都市にほかならない。ここでもティムガドと同じような風化した廃墟が根底に横たわっているのである。

たとえば私が使っている地下駐車場はスフロ街の中程にある。それはフォールムのほぼまん中に当り、ローマの行政官や軍人が往来した辺りである。

しかし別の地図によると、そこはトマス・アクィナスが『神学大全』を書いた場所であり、ソルボンヌ神学部の学寮が並んでいたはずである。

私は車を置いてくるたびに幾層もの歴史の層を通りぬけて現代に達する。しかしその現代のパリも、やがて間違いなく風塵のなかに消えてゆくのである。

私が住んでいるアパルトマンは、現在ではパリでも珍らしい十七世紀の庶民住宅で、梁《はり》のむき出しになった天井で、壁は石垣のように切石を不揃いに積んである。煖炉をつぶして電気ストーヴに換えたのが惜しい。台所や風呂場を設《しつら》えてあるが、本来は部屋の外で共同で使用したものだったろう。

部屋の中は簡素で、白木の机やベッドを置いたため、修道院の瞑想室か、どこか山小屋のようである。ここにいるかぎり、パリにいるという感じはしない。どこかノールウェイとかフィンランドとかいった北国の、それも森林に近い小都市にいるような感じだ。しかしこのアパルトマンで味わうべきはやはりこの古さであろう。ひょっとしたら、壁に使っている切石は、城壁に使ってあった中世の石であるかもしれないし、天井の虫食いだらけの梁は、十八世紀に起った聖《サン》メダール教会の奇跡騒ぎを見ているかもしれない。

私はこういう古さとともに暮すことで、自分のなかに、時間の重さのようなものが蓄積されてくるような気がする。それは時の進行に対して、あくまで今にとどまろうとする心、とでも言おうか。時間が早く過ぎ去ってゆく実感と矛盾するような言い方だが、今にとどまろうとするのは、今が楽しいからであり、今が楽しいからこそ、また時が早く過ぎるという思いも生れる。本来は、早く過ぎ去る時間というものは私に必要がない。私には、そのためにも、この古さに手を触れて、時間の流れから屹立する今のなかに生きなければならない。今だけを生きて、いわば時間というものを忘却するのである。それは時間の流れとは別に浮び上ってくる不動の今とでも言うべきものだ。時間の重さの蓄積と感じてもいい。

私は幾つかの風塵の街々を通りぬけながら、刻々に感じられてきたのは、今というものの掛けがえのない実在である。時がはかなければはかないほど、濃く立ち還ってくる生とはこの〈今〉というものにほかならない。

それは花の名前に愛着したり、料理を作るのを楽しんだり、無益な趣味に熱中したりすることなのだ。忙しい人はそんなことは時間の無駄だという。人生に役に立たないという。「時はどんどん流れてゆくのだ」と人々は叫ぶ。

だが古さに手を触れる人、〈今〉のなかに掛けがえなく生きる人は、実は、時間の流れを見ないのだ。〈今〉を掛けがえなく生きるとは〈今〉がもたらす〈楽しさ〉を十全に味わうことだ。逆に言うと〈楽しさ〉を感じることが〈今〉を本当に生きるということなのだ。花の世話をして楽しかったら、そのとき〈今〉を生きていたのだ。仕事に夢中になって楽しかったら、それも〈今〉を生きていたのだ。このようにして蓄積してゆく〈楽しさ〉こそが生の内容にほかならない。この〈楽しさ〉の濃さが生の本当の意味なのだ。〈楽しさ〉のないまま、ただ時間を効果的に使うというのは、いかにも多くを生きたように見えながら、生きることから切りはなされ、無縁な仕事を集積させるにすぎない。いかにすべてを〈楽しみ〉のなかに取り戻すか――それが〈今〉に生きる鍵であるに違いない。

表面の理由はさまざまであれ、私がこんどパリにきた本当の理由は、この〈今〉について考えることにあった。それは〈季節の宴〉について考えたあと、ほとんど必然的に訪れてきた課題であった。

何年か前に書いたエッセー全体に対して、あえて『風塵の街から』という題を与えたのは、この〈楽しみ〉の意味についての最初の啓示を受けたのがちょうどタヒチへの旅を含むこの時期だったからである。この頃、私はようやく風塵の街々を通って〈楽しみ〉に辿りついたのであった。

回想のなかのゴシック

私がはじめてパリに着いた一九五七年の秋、ルーヴル美術館でロマネスク彫刻の特別展が開かれていた。私はギリシアの古典美から徐々に、変幻自在な、土俗の臭いのする、怪異な動物や人物、幻想的構図に魅了されるようになり、その後しばらくロマネスク美術のとりこになっていた。当初に旅をしてまわったのもオーヴェルニュ、ポワトゥのロマネスク教会が多かった。事実、その頃まで、単純平明なゴシック美術よりは、一ひねりも二ひねりもしたような知的スノビスムの対象として、ロマネスクの幻想趣味が流行していたのであった。

しかし当初の興奮が過ぎて、徐々に私自身の好みに立ち戻ってくると、私の前に新たにゴシックの崇高で堅固な世界が現われてくるのを感じた。その最初の出会いはシャルトルの大聖堂《カテドラル》に出かけたときに起ったのである。

後になって訪れたゴシック盛期の大聖堂にくらべると、シャルトルのそれは、規模こそ壮大であるが、その精神において、なお普遍的《カトリック》というよりは、イール・ド・フランスの土の匂いを親しみ深く石に刻んだ教会である。素朴な、雨に打たれた灰色の石の色や、飄逸な趣のあるひょろ長いポルターユの彫像群や教会内陣の闇のなかで五彩の煌めきを放つ濃厚な彩色硝子《ステンド・グラス》や、交叉穹窿で飾られた内部空間の蒼古とした厳しい表情が、私に、ロマネスクをこえる美の世界をゆっくり啓示していった。

パリのノートル・ダムの場合もそうだったが、一見理解しやすく見えるゴシック美術の深さは、私に、ごく徐々にしか現われてこなかった。私はそういう場合、性急にそれをわかろうとする意志を放棄し、自然と対象の美が映ってくるのを待つほかないと思った。事実、そのようにしてしか現われぬ種類の美はあるのであって、そういうものの前では、自らの成熟を待つこと以外に手段がないように感じたのだった。

ゴシック美術は、西欧世界がペテロとパウロの都ローマより受けついだキリスト教精神を数世紀にわたって消化した結果、獲得することのできた自己表現だと言っていい。その外見の平明さは、複雑な事象を内面的に知りつくし、その全体を乗りこえることによって全体を鳥瞰しうる立場に達した精神の調和の表現である。したがって彫刻の簡明な古典的な形体にしても、建築の堅牢な構成的な輪廓にしても、あるいはまた壁飾り《タピスリ》、写本挿画の丹念な理性的な描線にしても、対象を理解する前の混沌たる単純さではなく、理解しつくしたあとの、自在な運動感を湛えた静謐なのである。

私ははじめて北方ゴシックの大聖堂を訪れるため、ストラスブール、ルーアン、アミアン、ランスなどをめぐった旅を忘れることができない。それは、ギリシアの旅ほど衝撃的ではなかったものの、私の内部にひそむ北方的なものへの愛好を、その根源から揺り起す底の、強い感動を与えたのだった。

ランスの微笑する天使や、バンベルグやストラスブールの教会《エクレシア》擬人像、ユダヤ教会《シナゴーグ》擬人像を見たとき、その北方的な憂愁に浸された瞑想美と、あのパルテノンのフリーズの軽やかな朝風のような優美な形姿と、一体どちらが自分の魂の近くにあるのか、わからないと思ったほどであった。両者ともに調和した明快な輪廓を持っているが、そこに刻印された精神の相貌はまったく異なる。一方は事物の輪廓に初めて触れ得た人の新鮮な驚きを表わしている。そこでは少年の身体は乾草のように爽やかだし、少女たちの身体は甘美な果実のように新鮮である。しかしゴシックの古典性は、ひたすら超越的なものの表現に捧げられた結果である。ある意味では、ゴシックは地上的な官能性においては、もっとも禁欲的な美術の一つであると言える。

たとえばバンベルグの教会《エクレシア》擬人像、ユダヤ教会《シナゴーグ》擬人像は、その慎ましい衣服の襞の下に、ふくよかな若い女性の肉体を確実に感じることができる。両擬人像が忘れがたいのは、そうした擬人的な意味以上に、かかる感覚的な美しさが圧倒的であるからだ。にも拘らずこの慎ましい女性像には、ルネサンス以降の絵画彫刻の持つ対象性、物象性が存在していない。襞の下に盛り上る若々しい乳房は、まさしくそれを通して、人間の気品の匂いを伝えるために存在している。

ランスの、顔を傾げて微笑する天使は、地上を祝福する表情とはこのようなものか、と、思わず私たちの視線をひきつける。それはどのような赤子の微笑みにもまして、純真な愛情と優しさを表わしているのである。

ゴシックの観念を象徴する、天にそそりたつ大尖塔や、尖頭形の窓などは、神へ近づこうとする人間の意志を表わしていると説明されるが、単にそれだけではなく、超地上的な世界の壮麗さ、永遠の厳しい相貌、最後の審判に到る時間を収斂した劇的空間性といったイデーを、全体的に象徴している。それはストラスブール、アミアン、ランス、バンベルグなど盛期ゴシックの建築においては、量感の自在な律動的調節によって、あたかもオルガン曲のごとき壮大な効果を北方の曇り空の下に創りだしている。

当然これら大建築は、市街の家並から古代の巨像のように抜きん出て建ち、空間の黙示録のように町の人々の精神に彼等の真理を語りつづけたのだ。

それはブールジュで、リモージュで、ポワティエで、ブルゴスで、ウルムで、レーゲンスブルグで、私を捉えた異様な印象であった。村落のなかに素朴に建つ教会ではなく、封建領主の強権と市民の興隆によって集中拡大した、何か風土から非連続的に聳え立つ巨大な量塊であった。そしてまさしく周囲の土着から隔絶したかかる壮大な様式性において、それは普遍的《カトリック》なものを感覚的に完成しているのであった。

ゴシック彫刻の古典的な静謐感が、内的な克服によって、事象全体を見渡す高みに達した、精神の充実の表現であるとすれば、こうした高みへと歩みでたばかりのゴシック初期の作品は、なお多くの躊躇、稚拙、折衷を拭いきれない。シャルトルのひょろ長い彫像群も、その様式的な高さから言えば第一級の完成度をもっているが、それを古典的リアリズムへ向っての歩みという視点から見ると、前五世紀古典期の彫刻と並べたアルカイックの趣を感じさせる。しかしかえってその古拙性のゆえに最もその精神をあらわに摑みうるという場合があるものだ。

私がチューリッヒの美術館で見たゴシック初期の壁飾り《タピスリ》もそうした一例で、その素朴な人体表現と草葉模様の美しさに、私はいわばゴシックの魂を見たように思ったのであった。それは大きな眼と、ごつごつした身体をしており、どこかギニョールに似た感じがした。私は『夏の砦』のなかで「グスターフ侯のタピスリ」というゴシック初期の作品をフィクションとして書いたことがあるが、そのときこの架空のタピスリの気分の根底にあったのはチューリッヒで見た印象であった。「グスターフ侯のタピスリ」はこの小説の中心を形づくる主要なモチーフだったので、私は自分がかつて見てまわったゴシック期の諸作品の印象をもとにして、あたかも実在するごとく詳細な細部まで描いておいたのであった。後になって、色々の読者からこの仮構《フィクション》のタピスリがどこにあるか、と訊ねられ、私は、それはヨーロッパ全体に遍在しているのだ、と答えたい誘惑を感じた。

もちろんアンジェの黙示録諸場面を織り出したタピスリも、リルケの心を捉えた一角獣のタピスリも、ゴシックの作品としては私をたえず魅惑しつづける。タピスリの技巧から言えば、後期ゴシックから十五、十六世紀にかけて、はるかに図柄も形体表現も進歩するが、美しさの点では、まだごつごつした稚拙さの残る、ひたむきな初期、中期のものがいい。同じことは彩色硝子《ステンド・グラス》にも言えて、サン・ドニやシャルトルの赤、青、黄の深い深い色調は、その後どの時代にも生みだすことはできなかった。

私はゴシックを厳しい堅牢な精神的姿勢の形象化と感じていたが、そうした一面性を破ってくれたのは、「ドゥース黙示録《アポカリプス》」と呼ばれた写本挿絵であった。

オクスフォード大学図書館蔵のこの写本は、ランスやアミアンの彫像のようなひょろ長い聖ヨハネが、黙示録の諸場面を眺める構図になっている。そして聖ヨハネも優雅な姿態をした天使も、いずれも明るい、子供のような単純な眼をしており、しばしば彼らは優しい微笑を浮べているのである。

そこには優美な、気どりない、素直な精神と同時に、何かしら和やかなもの、ユーモラスなもの、飄逸なものが流れている。私はそこに、あのギニョールに似た初期ゴシックのタピスリに似たものを感じた。おそらくこのような精神がランスの優しいマリアや天使の微笑に結晶していったにちがいない。思えば、高みに達して、全体を鳥瞰し得る精神は、未知な対象と戦う場合の緊張や恐怖や不安を乗りこえている。そこには調和、静謐とともに肯定的な愛情——超越的な世界からこの世を包んでいる優しい愛情——が働いているのである。

ヨーロッパを旅する場合、私たちは空間的に旅行するばかりでなく、古代から現代にかけての歴史的時間の層のなかを旅している。たとえば永遠の都ローマに立てば、古代ローマから初期キリスト教、ルネサンス、バロックと、その豊饒な芸術作品とモニュメントには眼の眩む思いをする。フランス、ドイツを中心とした地域でも事情は同じだが、私などは、気質的な好みからか、どうしても中世の調音を濃く感じてしまう。

私が滞在したパリは、都市の雰囲気から言えばオスマンの都市計画による第二帝政のムードを基本にしている。十七世紀のルイ大王的気分も、十八世紀の啓蒙主義的な貴族主義の気分も残っているが、基本はやはり十九世紀後半のそれである。そんなパリでさえ、中心はナポレオン一世の凱旋門ではなく、シテ島にたつノートル・ダムである。私ははじめて夜の闇のなかに照明されたこの大寺院を見たときの戦慄をまざまざと憶えているが、それは、何か異常に繊細な白蛾のような妖しい美しさを持っていた。

あの巨大な寺院をなぜ繊細と感じたのかわからないが、その後毎日のようにノートル・ダムを見るようになって、私はこの第一印象はすこしも変える必要はないと思った。当時はパリはまだ真っ黒な都市《まち》であり、ノートル・ダムもルーヴルも黒々とした建物で、雨に曝された部分だけが白かった。ポルターユの彫像群も石像というより鋳造されたブロンズ像のような印象だった。この白と黒のノートル・ダムは他のゴシック大寺院を見たあとでは、実に軽やかで優雅に見えた。シャルトルの大聖堂が二つの尖塔と青緑色の長い屋根を灰色の高い壁面と飛梁に支えられ、暗く禁欲的で古武士的であるとすれば、パリの大聖堂は優美なレースに飾られた高貴な女性を思わせる。

しかし華やかといってもブルゴスのそれのように派手でもなく、ミラノのそれのように湧きたつ華麗な泡のなかに立っているのでもない。そこにはなおロマネスクの土着的な匂いがある。それはイール・ド・フランスという明るい風土を自らのなかに刻みつけている。しかし同時にそれはゴシックの精神化によって開いた普遍《カトリック》の空に高くのびあがっているのである。その後の西欧が、パリのノートル・ダムの美しさを越え得ないのはこうした時間的、空間的幸運がそこに結晶しているからであろう。

いま北の町々に聳えるゴシックの大寺院を考えるとき、それらの上に築かれた不可視な、壮麗な普遍的《カトリック》世界を思わないではいられない。そしてリルケが「無限の落下を支える手がある」とうたったものは実はこうした世界ではないかと考え、ロダンが美しい手の彫刻に「カテドラル」と名づけた理由も納得できるような気持になるのである。

Ⅲ 北の旅 南の旅から

喪章をつけた女たち。／家々の壁のしっくい崩れ、鉄の
柵のあるテラス。
6-9-59
Cefalu

ロシアの旅から　一

私がロシアの大地をはじめて見たのは、一九六八年の夏、埴谷雄高氏とともに奇妙な東欧旅行をしたときであった。私はあれほど憧れていたロシアだったのに、さまざまな手違いや不愉快な出来事のために、あまりいい印象をうけなかったことが、後になるまで、残念に思えた。

それから一年たって、パリから東京へ帰るのに、汽車でロシアをもう一度通ってみようと思いたったのも、このままロシアを見ないでおくと、一生ロシアがいやな国として記憶されるに違いない、と思えたからであった。

「聖なる」ロシア文学に青春時代の大半を捧げた私としては、それは、どうしても果さなければならぬ義務のように見えたのである。

私は、何としてもツルゲーネフやプーシキンやトルストイやドストエフスキイが与えてくれた「心の中のロシア」を、どこかで捜しだしたい――私はパリの東停車場でモスクワゆきの夜行特急に乗りこんだとき、心からそう願わずにはいられなかった。

列車の部屋は二人用個室で、私が上段ベッドを、五十年ぶりに故郷に帰るというロシア人の老人が下段を、与えられた。プラットフォームには老人の娘であろうか、三十前後の婦人が見送っていた。態度も様子も言葉もロシア人らしいところはなく、完全なフランス女性に見えた。

二晩目の真夜中に私たちはロシア国境に入り、深夜の森閑としたミンスクの町々が乏しい街灯に照らされているのを、カーテンの間から眺めた。

私がこの長い長い汽車旅を選んでよかったと思ったのは、翌日の早朝、私が目を覚まし、何気なく枕もとのカーテンをあけたときであった。窓の向うには、初秋のロシアの白樺の森がはてしなく続いているのであった。私は思わず息をのみ、冷たい朝霧のなかに、輝くような白い幹を連ねる美しい森に見入ったのだった。

森がつきると、ポプラの並ぶ運河があり、耕地がひろがった。朝霧が切れ切れに流れていた。私はしばらくは革命後のソヴィエトにいることを忘れていた。そこにあるのは、ほとんど魂とじかに接する懐しいロシアの大地なのであった。

しかし同室の老人はそういう私に現代ソヴィエトをたえず思いださせてくれた。彼は柔和で無口な農民風の人物で、私が話しかけても言葉少なに答えるだけだった。それでも、彼が革命で祖国を離れたこと、革命五十周年記念で白系ロシア人も祖国に復帰できるようになったこと、彼の故郷はレニングラードのそばであること、などを、ぽつりぽつりと話したのである。彼は列車に備えつけのサモワールからお茶をくんでは、しきりと私に飲むようにすすめるのだった。

私はこういう老人たちを見ると、彼らが話す昔語りのことを想像せずにはいられない。彼らの記憶のなかに貯えられた物語、伝説はどのくらいの量であろうか――私はそんなことを考えた。

プーシキンから早足にトルストイ、ドストエフスキイを経て、近代ロシア文学をつくりあげた根底に、私などは、そのせいか、豊饒な自然力を思わせる抒情とともに、どうしてもロシアの伝承物語のことを考えないわけにゆかない。西欧の近代小説のなかでは、その時代にはすっかり影をひそめている、あの物語のトーンが、ロシア小説の中には、生きいきと息づいているからである。

埴谷氏とレニングラードを歩いたとき、氏の説明をいろいろ聞いていたためか、この都会《まち》の宏大瀟洒な感じは、たえずドストエフスキイの悪夢の霧をかぶせられていた。夏の盛りだったので、夜は短く、早朝から窓の外は明るかったが、そんなことまで、どこか神秘めいて感じられたのだった。

私はこの彫りのくっきりした典雅な都会《まち》を歩きながら、都会人の鋭敏な知性と、不安な燃えるような魂を作品に刻んだのは、おそらくプーシキンだったのかもしれない、と考えた。

プーシキンの生き方のなかに現われる、何か抑えがたい反抗の炎は、帝政下ロシアの矛盾に敏感に反応した良心の証しには違いないが、そこには消し難い都会人の趣味が見てとれる。形式への好みとか、簡潔明快な態度とか、メリメ風の端正さとかは、レールモントフの野性やゴーゴリの黙示的な哄笑とは本質的に異っている。

にもかかわらず十九世紀ロシア文学の骨格をなす「物語」の発語能力は、プーシキンのなかに、もっとも鋭い形であらわれているように思う。たとえば『スペードの女王』のような短篇の、一種フランス小説に似た味わいの底に、都会人の奇妙な、熱のある夜の幻想に似た、不安と懊悩を見ながらも、それを、その世界の外側から、枠組みをはめて、全篇にきりっとした物語の外観を与える、というような態度は、やはり長老的な物語精神の伝統を踏まえた、道徳基準の確かさがなくては考えられない。それは『大尉の娘』のような波乱の物語にも『ベールキンの物語』にも見られる。

プーシキンのこうした姿勢を、近代意識が物語性に疑惑を抱かせる以前の作家として説明する見方もあるが、『オネーギン』を書いた人が、そんな素朴な精神に安住できたはずはないと私などは思う。

「散歩、読書、ふかい眠り、森の木かげ、小川のせせらぎ、時には、黒い瞳の色白の村娘の口づけ……夕べの食事、白葡萄酒、孤独、静けさ」――こうした神聖な生活は決してプーシキンの心を慰めなかったに違いない。

私は、車窓につづくロシアの森を見ながら、文学が重く激しく生きたこの謎めいた国のことを考えつづけた。相棒の老人はモスクワの駅で、美しい若いロシア娘に迎えられた。私は二人の後姿を見ながら、何か小さな短篇の終りを見ているような気持がしたことを、いまも憶いだす。

ロシアの旅から　二

私にとってのロシアは、つねにロシア文学の世界の舞台としてまず存在していた。十年前に埴谷雄高氏と訪れたとき、さまざまな事故が重なって、必ずしも楽しい旅にならなかった。というより、現代ソヴィエトのいやな面を散々見せつけられる結果になった。そのため、私の心は、ひどく裏切られたような思いに満たされて、そのままでは、ロシア小説まで嫌いになるのではないか、と思われた。

私は最初の長篇『廻廊にて』で亡命ロシアの女流画家を主人公に選んだが、彼女が魂の蘇生を経験するのは、この〈ロシアの大地〉に触れることによってなのである。〈ロシアの大地〉とはトルストイやツルゲーネフが描いたところの、すべてを聖化する、あの豊沃な、広大な、母なる大地でなければならなかった。そのイメージを傷つけられたまま、私は日本に帰る気になれなかった。

こうして私はその翌年パリから日本へ戻る途中、汽車でモスクワまで入り、ハバロフスクからナホトカまで同じく汽車で旅をし、いくらかロシアらしいロシアを見ることができたのであった。

今年（一九七七年）のはじめ、たまたまA（妻のこと）のところにソヴィエト旅行の話があり、美術史の人たちを中心に小グループで修道院、教会、イコンなどを見てまわる計画がたてられたとき、私がそれに参加したくなったのは、この〈ロシアらしいロシア〉を、なお見てみたいという思いが、十分満たされていなかったためと思われる。

旅行の計画はロシア美術の研究家である浜田靖子氏がすすめて下さったが、さて出発する直前になって、参加するはずのメンバーがかなり異動して、結局、女性六人のなかに私ひとりが黒一点となって出かけざるを得ない羽目となった。応念のために名前を列記しておくと浜田氏とAのほかに画家の伊藤和子、版画家の甲斐サチ、写真家の草間壽子、慶応の大学院でソロヴィヨフを研究している谷壽美子の各氏である。いずれもロシア美術や思想史に特異な情熱を持った女性である。

私たちはモスクワに飛び、キエフまで汽車で下り、さらにレニングラードに飛んだ。その後、ノヴゴロド、ヤロスラフ、ウラジミル、ロストフ、ザゴルスクなどを訪ね、見事な修道院や教会を見てまわった。かつてトレチャコフ美術館で見たアンドレイ・リュブリョフの、あの神秘な夢想に満ちた、無限に優しいイコンとの再会をはじめ、多くのイコンの名作の前に私は立った。それはヨーロッパ各地に無数にちらばっている定型化したロシア・イコンの、いわば原初の輝きを定着した根源の作品群であった。

同行の女性たちはいずれもこうした芸術作品に専門家としての嗅覚を働かしていた。たとえば浜田靖子氏は「イコンの中に描かれたイコン」の作例を集め、草間壽子氏がそれを撮影し、伊藤和子氏や甲斐サチ氏は修道院や教会をたえずスケッチし、またロシア神秘思想を研究する谷嬢は聖母像の前で恍惚とした幾刻かを過していたといった塩梅であった。

革命六十周年なのに、大都会を出てしまうと、そんな雰囲気は跡形なく消えて、林檎や梨の花が白く咲きほこり、緑や黄に塗った木造の農家のまわりでは鶏や家鴨《あひる》が遊んでいた。白樺の森が、起伏する大地を覆って遥か地平線までつづく。五月の雲は、そうした地の果てに、北国の憂愁を帯びて浮んでいた。

モスクワはリラの盛りであり、キエフではマロニエの巨大な並木が、木全体に花をつけて、咲きほこっていた。市街に入るあたりに戦没者の墓地があったが、マロニエの花が白く散り敷いている南ロシアの古都には、もはやかつての戦火を思わせるものはなかった。十年前にくらべても、ソヴィエトの暮しは豊かになっていることはよくわかった。

インツーリストのガイド兼通訳のアレクさんは幾分寄り眼の、優しい、親切な人柄で、旅のあいだ、私たちとの会話で、何か新しい語彙があると、すぐそれをノートし、翌日、実に巧みにそれを使った。

ザゴルスクの修道院では、年に二百万人も教会を訪れる人がある、と聞いた。ともし火のゆれるほの暗い礼拝堂の中で、ロシア正教式に逆に十字をきり、深く深く頭をさげている農民ふうの老人たちを見ていると、社会改造の底辺になお静かに生きているもののことを思わざるを得なかった。

ヤロスラフに着いた日、白夜に近い空は曇ったまま、なかなか暮れず、ヴォルガ沿いの白いヴィラはひっそりして、鉄柵の中の庭は夏草に覆われ、通りには人影がなかった。たまたまホテルでみたテレビではチャイコフスキーの伝記をやっていた。

窓の外では菩提樹の並木がしきりと風にふるえ、そこから見ていると、チェホフの作中の人物が町を歩いていないのが嘘のような気がした。

森の中の思索から

先日、久々で雪のオホーツク沿海を旅して、静かな荒涼とした自然に触れ、生命がよみがえる思いをした。クッチャロ湖で雪の降るなかを白鳥が悲しげに鳴くのを聞いたり、サロマ湖の柏の原生林を踏みわけて野兎や狐の足跡を見つけたりしていると、いつか大都会の忙しい生活のなかで失っていた本来の自分が戻ってくるような気がした。しかし自然の孤独がもたらしてくれるのは何といっても「もの」との親密感だ。私は林を吹く風の音を聞き、湖をこえて射す朝日が雪をばら色に染めるのを見て、それが単なる旅先の一風景である以上のものを感じた。それは、ちょうどロシア小説の忘れがたい一頁ででもあるかのように、私の魂まで忍びこみ、言いようのない静かな幸福感で私をみたした。たしかにここ数年来、私はこうした充足感をほとんど忘れそうになっていたのだった。

私は出会う人もない雪のなかを歩きながら、空や雲や風や木々とこれほど近々と暮したことがなかったような気がした。たしかに私は人一倍夕焼けや雲の動きや雨の音が好きだと思っていたし、都会の明け暮れにも、時おり仕事から眼をあげて、こうした風物の美しさに心ひかれることがないではなかった。

しかしそこには、オホーツク沿海のひとり旅で味わったような「もの」に親和した感じはなかった。どこかに、つねにあわただしい、片付けられるのを待っている、仕事の大群が控えている感じが漂っていた。一つの「もの」は、たえず次の「もの」のために存在していた。次の「もの」が差し迫っているために、一つの「もの」にゆっくり眼をそそいでいることはできなかった。

私は林の奥に射しこむ朝日に照らされながら、自分の足がさくさくと雪を踏む音を聞いていた。そしてふとリルケの、

農夫がどんなに丹精こめて働いても
穀物が夏のみのりに入るためには
彼一人の力ではどうにもならない。大地の恵みがないならば。

という詩を思いだした。

「もの」との親密感とは、こうして木々や雪や日の光や風にじっと身を投げかけ、そのなかにとどまり、深く休むことであるのを、私は何か確信に近い気持で感じた。

　ずっと以前、まだ私がパリで暮していた頃、南仏の旅から帰った直後、家や机や壁が異様な親しさで私の心に迫ってきたことがあったが、この原生林のなかの感動は、それと酷似していた。

　それは一口に言って、私たちが単なる「もの」の次元をこえて、「もの」の奥に顔をのぞかせている様々な表情に気がつくことだった。たとえば忙しい都会の生活では、雲は雲でしかなく、風は風でしかない。それは私たちの机が単なる机であって、任意にえられた、どの机とも入れ替えのきく存在であるのとまったく同じである。私たちの眼は雲のうえにとどまらない。耳は風の音をとらえることはない。同じように私たちは自分の生活をその机に託してはいないのである。

　都会では、私たちがいかに不注意に、散漫に暮しているか、驚くほどである。ほとんど誰もが自分の仕事場も家も持ち物も単に機能として、役立つものとして存在すれば十分であると思い、その「もの」の「かけがえのなさ」「入れ替え不能な性格」については、注意らしい注意を払っていない。

　たしかに身だしなみのいい人々はいるし、家の趣味、持ち物の趣味にこっている人もいる。しかしそれが果してその「もの」との真の親密な出会いかどうか、という点になると、幾らか疑問がある。その証拠に、いかにこった家でも持ち物でも、やがて飽きるときが必ずくるし、そのとき人は他の「もの」を新しい趣味に即して求めなければならないからだ。

「もの」のうえに親密な眼をそそぐというのは、それとはまったく異なった次元のことで、いわば「もの」の「かけがえのなさ」「入れ替え不能な性格」に触れることだ。それは「もの」を単なる「もの」として見ることではない。もしそうなら机は机であるし、椅子は椅子でしかない。そうではなくて、その「かけがえのなさ」は「もの」の奥にのぞいている様々な表情にあるのだ。

たとえば私の机は古く、がたがきている。機能からみれば、それは完全でないかもしれない。しかし考えてみれば「この机」のうえで私の半生がつくられたといっていい。私が思い悩んだとき、この机の木目は私の焦慮を見守っていたはずである。そこには眼に見えない池底の落葉のように積みかさなった思い出の層が焼きついている。それはただ「この机」だけが持っている宿命的な事実だ。それは私が生れて、ここにあるのと同じく、どうすることもできないのだ。なるほどその選択は偶然の結果にすぎなかったかもしれない。しかしそれなら私たちの生もどうして偶然でないことがあろう。問題はこの偶然を必然に転じた私たちの軸のとり方にある。私たちの生がかかる厳しさと深さを取り戻すならば、「この机」にあっても同じ事情が考えられなければならない。「もの」がその「かけがえのなさ」「入れ替え不能な性格」を帯びはじめるのは、私たちが日常の無関心と多忙の外に出て、こうした自分の生の「かけがえのなさ」に戻るときだ。私がたまたまオホーツク海に近い静かな湖畔の林のなかでぶつかったのは、まさしくこうした自分だったといっていい。

しかし私たちは旅に出たとしても、必ずしもこうした自分に出会えるとは限らない。それはむしろ日常、いま、この瞬間に出会えるはずのものだ。私たちは日の光を見ながら、また窓をぬらす雨の音を聞きながら、それを通して私たちの生の「かけがえのなさ」に気づくのである。それは時に苦悩（アンゴワッス）の思いを呼びおこすことがある。生の「かけがえのなさ」とは「死」に限られた自己の有限性をはっきり意識することでもあるからだ。しかし人はそれを通して、「より深い生」を生きることを決意するにいたる。それは遠くへの旅立ちではなく、むしろ自分の内部への、あるいは日常の「もの」たちへ向っての、旅であるというべきかもしれない。

もしどこか遠い場所への旅だったら、やはりひとりの懐しい旅であってほしいと思う。

リルケは歌っている。

かりそめに通りすぎて
十分に愛さなかったかずかずの場所への郷愁よ
それらの場所へ遠方から何と私は与えたいことか
仕忘れていた身ぶりを、つぐないの行いを
もう一度——今度はひとりで——あの旅を静かにやり直したい
あの泉のところにもっと永くとどまっていたい
あの樹にさわりたい、あのベンチを愛撫したい……

しかしこの詩はそのまま日常の、私たちを取りまく、これらの懐しい時計や机や書物たちに言えるのではないか——旅から戻ってきた私は、どうもそう思えてならない。

北の海辺の旅

宗谷岬からオホーツク海に沿って、一人旅をしたのは、いま思っても、風景の中を歩いていたというより、自分の中を旅していたようなものであった。

毎日毎日、強い北風が吹き、オホーツク海は黒ずんだ色に揺れていた。稚内に着いた夜、私は物凄い吹雪に見舞われ、思わず町角で息をのんだ。それは何の前ぶれもなく、突然襲う巨大な野獣に似ていた。天も地も白い濁流のなかに巻きこまれ、屋根がうなり、電線が悲鳴した。

宗谷岬そのものは、自動車道路が波打際を走り、さいはての岬というには、あまりに端正に文明化されていた。野性の荒々しさはなく、公園の一部と言ってもおかしくなかった。しかしその端正な浜辺につづく海は、一種異様な暗さを湛えていた。黒ずんだ海面は白い波を刻み、身もだえして荒れていたが、それはただ荒れ騒ぐというのではなく、どこか地の涯の、人間の気配すら拒否する、孤独な、永遠の寂寥感に覆われていた。

私はそこに人類の死滅したあとの荒涼とした世界を見るような気がした。ただ風だけが、ひたすら波しぶきを飛ばして、岬の丘に吹きつけていた。丘には雪がこびりつき、松前藩士の墓も、その雪のなかで、黒々と身を寄せ合っていた。

宗谷岬からサロマ湖まで、オホーツク海に沿って、各駅停車の汽車とバスで、ゆっくり旅をするあいだ、この荒れた黒い海はつねに私の心の縁《ふち》に打ち寄せていた。浜頓別《はまとんべつ》の先の小さな砂丘で、幽霊船のように、沖の霧のなかへ消えてゆく漁船を眺めていた。鴉の群れが荒々しく漁村の空に舞い立っていた。

雪に覆われた白い浜辺に、横に長く漁網が竿に掛けられていた。網は黒く、網の背後に、暗い海があった。やがて雪が舞いはじめ、沖はみるみる灰暗色の背景に変った。黒と白だけの版画のような風景であった。

そんな旅のあと、町の灯がどんなに人恋しく、心に滲んだか、とても説明しつくせるものではない。

南イングランドから

昨年（一九七三年）夏のヨーロッパも気候がひどく不順だった。私が着いた七月半ばは震えあがるように冷えて、セーターを着込んだりしたが、月末になると、こんどは途方もない暑さとなり、観光客はうだったような顔で歩いていた。

ロンドンにいた八月中旬も、まだその暑さがつづいていて、昔にくらべたら荒廃した感じのこの大都会に、いっそうみじめな外観を与えていた。

数年前、埴谷雄高氏と訪れたとき、ブラックフライヤーズあたりはディケンズの小説に出てくるような赤煉瓦の商会や倉庫が並んでいたが、それがすっかりなくなっていた。パリの変貌もひどかったが、ロンドンも刻々に変化しているという感じがした。

そんなロンドンをぬけだして、サウスダウンズの古い教会を見に出かけたのは八月下旬の晴れた早朝だった。通勤者がバスで運ばれてゆく郊外の場末町を離れると、すぐ牧草地と森が拡がった。

北のバーミンガムやニューキャスルあたりの工業都市では産業革命以来の黒ずんだ疲労が、暑熱の山野に、重くのしかかっているように思ったが、田園の美しさはこれと対照的だった。それは日本の荒廃した自然を見慣れた眼には、何か信じられぬものを見るような感じだった。柔かに起伏する丘のあいだを舗装路が絵のようなカーヴを描いてつづき、地面まで大枝を深々とのばした老柏が、風景のなかで、じっと瞑想しているのであった。丘をヒースが赤紫に覆う季節だった。森のあいだの牧草地に牛の群が立ったり坐ったりして私たちのほうを見ていた。

私たちはブライトンの近くまで南下し、静かな林と畑の奥にあるクレイトンの教会を訪ねた。十一世紀の簡素な建物で、内部に見事な壁画が残っていた。チャーチヤードを囲む低い石壁の向うを、黒い乗馬服の若い婦人が、馬で通っていった。私はふとノッティングヒルあたりの空家になった宏壮な屋敷のつづきを思いだした。彼女が田舎貴族か、あるいはそうした都会を逃げだしたブルジョワ娘かわからないが、少くとも明るい夏の午前、咲きみだれる薔薇の花垣のあいだを過ぎてゆくその姿には、一種プルーストふうの物憂い優雅さが漂っていた。崩れゆく現実の英国のほうが本当なのか、クレイトンの野をゆく優雅な一瞬の夢のほうに意味があるのか、私はどちらとも決めかねる気持を、そのとき味わった。

クレイトンから海峡に平行してチチェスターを経てウィンチェスターへつづく道は、晩夏の重い空気に包まれた、静かな緑の、落着いた、気品のある風景の中を通っていた。森かげの小川や、村に入ってゆく道や、路傍の泉や、農家の庭に咲くダリアの群などは、さながらハーディの世界だったが、この小説家の住んだドチェスターまでがそこから五十マイルとは離れていないはずだった。

しかし海峡に近いせいか、風景のなかにローマ街道の面影や、ノルマン時代の気分を感じられたのには、一種の感慨があった。フィシュバウンのローマ宮殿遺跡などもその一つだったし、ボッシャムの海辺に立つひなびた暗灰色の小さな教会などは一篇の短詩を読む味わいを持っていた。深い木立のアーチの下をぬけると、薔薇の花の咲くチャーチヤードに古びた墓石や十字架が並んでいた。その墓石の幾つかには海で死んだ人たちへの哀悼詩が刻んであるのだった。

北フランスのカーンに近い小邑バイユーに十一世紀につくられた古いタペストリーが保存されているが、そこにはウィリアムのイギリス侵寇とキング・ハロルドの奮戦と敗死が描きだされている。その絵巻ふうのタペストリーのなかにボッシャムの教会が銘文とともに描かれているのである。

教会の裏手はもうすぐ入江になっていて、大小のヨットが夏の午後の日を浴びていた。

それはもはやノーマン・コンクェストの気分ではなく、英仏海峡を愛した印象派画家たちの明るい爽やかな風景といったほうがよかった。

ハドリアヌスの城壁を訪ねて

昨年（一九七三年）の夏、イングランドの大寺院《ミンスター》を見てまわるついでに、懸案のハドリアヌスの城壁を訪ねようと思いたった。『背教者ユリアヌス』の資料を集めている頃、はじめてその写真を見たのであるから、それ以来、すでに五年の歳月が流れている。長くかかったと思ったこのローマ皇帝を主題とした作品も、すでに終って、資料類は半地下の書庫に移されている。その意味ではハドリアヌスの城壁は私にとって過ぎ去った素材の一つにすぎなかった。

にもかかわらず写真で見ていた北国の曇り空の下に、万里の長城に似た長い城壁が山を越え野を渡ってはるばるとつづいている光景には、何か心を魅するものがあった。私がロンドンからイリー、ピーターバラ、ヨーク、ダラムと北に旅しながら、もう眼の前に近づいてきたハドリアヌスの城壁を、多少廻り道でも、何とか見ておきたいと思ったのは、この魅惑的な眺望のためであった。

幸いダラムから電話で、城壁に近い小村のホテルがとれたので、夏の終りにふさわしい霧雨のなかを、ニューキャスルに向って出発した。途中で雨はやんだが、灰色の雲は平坦な森や耕地のうえに重く垂れていて、木々の緑だけが異様に冴えて見えた。

ハドリアヌス皇帝が城壁をイングランドとスコットランドの国境に築いたのは紀元一二一年のことである。『背教者ユリアヌス』のなかでは、ガリアの大叛乱やゲルマン人たちの反抗は描かれているが、この古代ブリタニアの記述はほとんどない。これは、この時代——紀元四世紀前後——には比較的この地方が平静であり、蛮族の動きは不活潑だったからである。

しかしこの時期のブリタニアの平穏な生活は、ハドリアヌスの城塞建設や、城壁の増設、アントニウス・ピウスのスコットランド討伐、セプティミウス・セヴェルスの叛乱平定など、彼以前の一連のローマ皇帝の統治策の成果と見ることができる。ユリアヌスの祖父に当るコンスタンティウス・クロルスも、セヴェルス帝と同じく、ヨークで死んでいる。つまりこの北辺の島の統治に、二、三世紀の皇帝たちはかなりの精力をそそいでいたのであった。

現在、イギリスの各地にローマ街道の跡が残っているが、古代ローマの抜群の行政能力は、夏草のなかに断続して残る石だたみの道路からも、まざまざと思い描くことができる。この同じ街道が遠くシリア、メソポタミアの砂漠までつづいているのだから、ローマ人の空間感覚の厖大さは、ちょっと想像を絶する。彼らはこの広大な版図をとも角もローマ的理念で統一していたわけだ。

ニューキャスルは暗い感じの工業都市で、都市周辺にはかなり大規模な勤労者住宅が並んでいる。それは巨大なモデルハウスの展示場のように、同じ規格、同じスタイルで、はるばるとつづいていて、不気味な感じである。

その工場地帯をこえると、荒野《ムーア》と森の点在する北国の広い地平線が見えはじめた。ハドリアヌスの城壁を示す道路標識にしたがって小さな町や村をすぎたが、いっこうにそれらしい遺跡が現われない。黒ずんだ石畳のようなものがあるので近づいてみると、それは牧草地の境界を区切る石垣のつづきであった。そうした牧草地には緬羊や黒い山羊が草を食みながら、石垣を調べてまわる私のほうを横眼で睨んでいた。

地図で見ると、ニューキャスルからカーライルに到る一帯は、スコットランド国境のチェビオット連丘とイングランド側のペンニン山脈に挟まれた帯状の低地をなしている。が、実際には、かなり頻繁に上ったり下りたりする段丘群の連続で、いずれもヒースに覆われた荒野《ムーア》である。濃い繁みのかげに、澄んだ小川がうねっていたり、牧場の境界の老柏が童話の背景のようなファンタスティックな姿でつづいていたりする。

こうした丘を幾つか越えた森の奥に、はじめてローマ軍団の駐屯地跡を見つけたのは、ニューキャスルから車で一時間ほど西へ走ったときであった。それはヘグザムから遠くないチェスターズのローマ遺跡で、森かげを流れる川に臨んだ小高い丘の背に、石塁のような兵営や行政官の建物の土台が残っていた。放牧の牛たちが入りこまぬように、遺跡のまわりには柵がめぐらしてある。この辺りの出土品を展示する小博物館が遺跡の入口に建っていて、柱頭飾りや、浮彫りや、生活用具が、ローマ時代の想像復元図などとともに並べられている。

しかし石塁はあっても、せいぜい五十米ほどのもので、写真で見慣れたハドリアヌスの城壁ではなかった。念のためガイド・ブックを取りだしてみると、それはやはり違っていて、目ざす城壁は、ハウスステッヅと呼ばれる一帯に残っていることがわかった。

すでに暮色の先触れが野山を流れだす時刻だったが、私は、丘をのぼり、人っ子一人見えない荒野《ムーア》のなかの道を急いだ。

ハウスステッヅの遺跡は、自動車道路から遠く離れた広い丘のうえに広がっていた。自動車が何台も駐車していたので、そこが遺跡の入口だと知れる程度で、簡単な柵の入口があるだけだった。丘の背に立つ人が豆つぶほどにしか見えず、距離にしてほぼ一粁はあるように感じられる。芝に覆われたゴルフ場のようななだらかな斜面が、大地のうねりそのままに、空にむかって、ゆっくりと迫り上ってゆく。鈴をつけた緬羊が草のなかから顔をあげて、こちらをじっと眺めている。近づくと、首をふりながら逃げてゆく。

遺跡はチェスターズと同じく、駐屯地の司令官官舎、兵舎、穀倉などの土台石の列が、平面図を見るような具合に、丘の斜面のあちらこちらに残っていた。それを越えて、さらに上ると、黒ずんだ石を築いた低い城壁が左右に長くつづき、その向うに曇った夕暮の空が広く展けている。目ざす城壁であることは一目でわかった。

城壁は地面から二米ほどの高さしかなかったが、上ってみると、城壁の向う側は切立った崖になっていて、その絶壁の高さは五十米ほどもあるかと思われる。はるか下の谷間の牧草地には、緬羊が三頭四頭と群れて草を食んでいる。谷間は平らに展け、はるか彼方雲の垂れたスコットランドの丘陵につづいていた。

ハドリアヌスの城壁はこの断崖の突端に沿って素朴な石組みで築かれていた。それは丘の地形にしたがって、高まったり、出っ張ったり、引っこんだり、低まったりして、眼路の届くかぎり、地平の涯までつづいているのであった。

私はスコットランドのほうから吹きつける激しい風のなかに、足を踏んばるようにして立ち、何かひどく高揚した気持を味わった。それはちょうど自分がローマの将軍ででもあるかのような、ヒロイックな爽快な気持に近かった。

しかししばらく人気ない城壁の上端を歩き、耳もとで鳴る風音を聞いていると、こうした廃墟に漂う不思議な物悲しさが、夕靄のように足もとから立ちのぼってくるのを感じた。すでにこの城塞を満したローマ軍団の哀歓が消え失せてから二千年に近い歳月が流れ、夏草のうえにただ羊の群が草を食んでいるのを見ると、人間の営みとはいったい何であるか、という永遠の問いがその瞬間の私をも捉えるのであった。

ハドリアヌスの城壁は地の涯までつづいていたが、私が写真で見たとき想像したのより、ずっと小規模のものだった。上端部は盗材、風化等で崩れ去っているから、実際はもっと高かったとしても、せいぜい長身の男ならよじのぼれる程度であるし、幅は自動車一台がようやく通れる位だった。

もちろん険しい地形を利用しているから、これだけでも十分蛮族を制圧できただろうと思われる。だが、それにしても何に対して人間はこのように果しない労苦を支払うのであろうか。はるばる地の涯までつづく石塁に費した石の数はどの位であろう。すでに消えさった建物や劇場などにそそがれた労苦と時間はどれほどであったろう。それはローマの偉大さのためなのか。ローマ的平和のためなのか。特定の人々の繁栄のためなのか。未開に対する文明の正統性を誇示するためなのか。

だが、そうしたもののために支払われた労苦は、いまこの風のなかで空しく廃墟に変らなければならぬとしたら、もともと人間の営みとは何なのであろう。塵からはじまり塵に帰するというのは本当のことではないか。一瞬の光に似た存在の数刻を、ただ耐えているのが、人間の生というものではないのか——そうした思いが、城壁の上を歩く私を捉えてはなさなかった。

しかし同時に私は、そうした時間の破壊力に抗して、呻き声をあげながら、人間の領域を確保しようとしている意志を、その石塁の風化した石の一つ一つに感じないでいられなかった。それは時間と人間の意志との闘技であるように見えるのだった。たしかにこの勝負では人の劣勢は覆うべくもなかった。しかし人間がローマの涯まで来て、石を積みあげたこと、何ごとかを願いながら自分の意図を実現しようとしたこと——そのことは、時の力も破壊することはできなかった。つまりローマ人の理念は、具体物としては崩壊風化したけれども、言葉のなかに、精神のなかに生きつづけた。すくなくとも人間であろうと意図した思いはそこになお生きているのだった。

私はこうした気持を西欧にくるたびに味わったが、スコットランドから吹きつける烈風のなかでも、同じような思いが高まってくるのを拒むことはできなかった。

その夜、泊ったホテルは〈城壁《ウォール》〉という名前だった。そして玄関の間に小牛ほどのアイリッシュ・ハウンドが寝そべっていた。人々は彼のことをパトリックと呼んだが、古風な柱時計の下で、この灰色の老犬は、古代ローマの生き残りのように、身動きもせず、物憂げな眼を私たちにそそぎつづけるのであった。

大いなる聖樹の下——インドの旅から

年末から年頭にかけて半月ほどインドを旅しているあいだ、私はしきりとこの広大な大地を匍うように進む静かな時間の流れに心を奪われるのを感じた。それは時間の流れというより、時が円環をなして回っているような感じで、かなり忙しい日程の旅であったにもかかわらず、私の心は一日々々とインドの大地のほうへ低く沈んでゆくように思われた。

以前、深夜のカルカッタに寄ったことがあり、人も牛も犬も等しく歩道をびっしり埋めて眠りこける姿を見て、まるで悪夢のなかをゆくような気がしたが、そうした陰惨なインドの貧困は、こんども都市といわず田舎といわず、いたるところで目撃しないわけにゆかなかった。

ボンベイ空港からホテルにゆくまでの道の両側に展開する、瘠せ細った身体に汚れたサリーやぼろをまとった貧困者たちの群れは、東京の繁華な光景を見ていた眼には到底、現実の姿とは信じられなかった。地獄草紙にもこんな陰惨な人々が描かれただろうかと、思わず独言したいような眺めだった。

聖地ベナレスでは身体の醜く変わった乞食たちが中世期の絵さながらに水浴場《ガート》や黄金寺院のあたりに群れていた。田舎には電燈のつかぬ村々があり、煉瓦に漆喰を塗っただけの戸口の小さな家に、人々は貧しげで、地面に坐って食事をしているのであった。

にもかかわらず私はふしぎとそうしたインドの民衆の顔に、東京やパリで見かける焦燥、苦痛、冷酷、無関心といったものを見なかった。彼らの表情はいずれもつつましく、高貴で、静かであった。

たしかにカルカッタの難民たちやボンベイ、デリーの浮浪者たちは深い苦悩をその重い足どりに感じさせる。観光地に群がる乞食は不安な光を眼の奥にたたえている。しかしそれは何もインドに限ったことではない。むしろ私を驚かしたのは、この不健康、無気力、貧困、悲惨の外観にもかかわらず、そこにある品位、ある余裕、ある自然らしさが感じられるという点であった。

また事実、数日インドを旅しているうち、当初私を襲ったこの異様な衝撃が、奇妙な具合に中和されてゆくのを感じた。それはインドの風物に慣れるということには違いなかったが、ただそれだけではなく、むしろ日本から持ってきた価値の尺度が、みるみるインド的な価値観に変貌してゆくような感じに似ていた。

たとえばボンベイの東北二百キロにあるマンマードからオーランガバードを経てエローラ石窟、アジャンタ石窟を訪ね、鉄道駅ブッサヴァルまで、窓ガラスもないようなタクシーで三百キロの強行軍をしたが、そのあいだ、すれちがう自動車は十台にも達しなかった。広大な大地は牛が耕し、灌漑用の井戸水も牛が汲みあげていた。青い熱帯の空を背景にしたバニヤン樹や菩提樹や棕櫚の木の下を歩むのは、ただ二輪荷車を引いた二頭の白牛だけであった。

牛車を追いこすとき、タクシーの屋根の脇に取りつけたラッパを、運転手は窓の外に手を出して、パポパポと鳴らした。ほこりが入るので窓ガラスを閉めようとしてもドアにハンドルがついていないのだった。しかしこのとんでもない非現代的なタクシーに乗っているうち、何とも言えぬユーモラスな愉しい気分がこみあげてくるのも事実だった。

タクシーが全速力で走っても、村は三、四十分ごとにしか現れなかった。牛車でそれをゆくのは半日仕事、ひょっとしたら一日仕事になるかもしれなかった。しかしそんな焦燥の気配はどこにもなかった。すべてが広大な大地の上をゆっくりと流れてゆく雲のように、静かに、黙々と動いていた。

私は前記石窟を見たり、大和の風物を思わせる柔和なサンチーの丘で美しい仏塔を仰いだり、灼けつくカジュラホの高原でミトゥナの夢幻的な情景を眺めたりしたが、私の心はたえずこの静かなインドの大地と民衆のほうに惹かれていた。

赤々と拡がる熱帯特有の耽美的な夕焼け空を黒いシルエットで区切る巨大なアソカ樹、菩提樹、レインツリー、棕櫚、バナナ、マンゴーなどの木々を眺めていると、私は、次第に自分の身体がこの無時間のなかに甘美に砂のように崩壊してゆくのではないか、という気がした。夜明け前の空が深いすみれ色に澄んで、星の光が白くなってゆくとき、ひんやりした大気のなかで、インドの、見かけはみすぼらしい小屋のような家々が聖化されているのを実感しないわけにゆかなかった。

一日々々と私はインドの民衆が大自然と自分をほとんど区別することなく生きているのを身体でわかりはじめるのを感じた。ガヤの狭い雑踏する市のなかに入ったとき、地面に置かれた穀物、布地、籠、陶器、揚げもの、雑貨などを、一ルピーの下のパイサ単位で売り買いしているのを見て、彼らの生活規模がいかに単純で簡素なものかを知ったのであった。

象や牛がインド人にとって聖なる動物であるとは話に聞いていたが、現実に、牛がデリーやボンベイやベナレスの雑踏のなかを、人間同様ぶらぶら歩いているのを見たとき、私は何とも奇妙な混淆社会を前にして、しばし呆然としたのであった。

あの乾ききったインドの大地にいたるところに濃いかげを拡げている樹齢数百年に及ぶ大木の存在は、彼らの聖樹信仰や自然と一体化した心情と無縁ではない。ブダガヤやナーランダーの仏蹟の巨大な菩提樹が、さして風もないのに、樹木じゅうの葉がさやさやと鳴っているのを聞くと、仏陀の悟りの日にもこの葉ずれの音は清らかな川瀬のように鳴っていたであろうと思われるのだった。

もちろん私自身、工業化社会の疲労と緊張から解放された瞬間の、甘美な幻想に酔っていることを心のどこかに感じていた。ちょうどサンチーへ夜行で行った日、歯がガチガチ鳴るほど寒かったが、そんな夜に北部で凍死者が出るのも事実だった。この裸足の民衆が五人に一人飢えていることも否めなかった。上空から見るインドの耕地は、河から引かれた運河が導かれていて、農政当局が必死で農業生産の増大に腐心している様が手にとるようにわかった。カーストの禁止策、産児制限などもインドの向上には必須の道程である。

たしかに文明へのこうした意志を否認することは正しくなく、インドに物質的なレベルでの援助はなお必要ではあるけれども、この大地に息づく聖なるものの感覚を、それによって崩壊させてはなるまい、と私は旅のあいだ思いつづけた。原始回帰には同意しがたいが、かつて人間が持ち得た純潔な、自然との一体感のなかにどれほど豊かな可能性があったか——それをインドの民衆はなお大地を裸足で踏みながら語りかけているようであった。

インド変容

暮から新年にかけてのインド旅行のあいだ、私は、身体のなかでたえず何かが崩れつづけているような感じを持っていた。それは見方によっては、何かが洗い流されている感じ、といってもよかったかもしれない。その崩壊してゆく感覚に身を委ねていると、不思議な酩酊感があって、大きなピッパラ樹の下の石にいつまでも腰をおろし、眩しく太陽に灼かれた野の道を、二頭並んだ瘤牛がゆっくり荷車を曳いてゆくのを飽かず眺めていたいような気持になるのだった。

インドでは時間がでたらめだから覚悟したほうがいい——私は出かける前にそう言われていたが、たしかに当初から汽車は時間通りにこないし、約束してあったバスは待っていないし、食事は待たせるし、万事につけて私たちとは別の論理が支配しているようであった。サンチーの仏塔《ストゥーパ》を見たあと、ボパールの空港にゆくと、そこで待っているはずのデリーゆきの飛行機は影も形も見えなかった。見も知らぬインド大陸のまん中で、私たちは置きざりになったような気になり、仰天してインド航空に電話を入れると、飛行機はまさにその時刻に、デリー空港からこちらに迎えに飛びたとうとしている、というのだった。

私は雲一つない青いインドの空を仰ぎながら、広い野原のなかに一本の滑走路があるだけのボパール空港で、何とも言えぬ滑稽な思いに捉われていた。時間通りにきちきち動かなければならないように仕込まれた自分がまず滑稽であったし、インドで迷い子になったと思ったことも滑稽であったし、かりに一日を二十四時間に区切ったことも滑稽であった。

もちろんボンベイに最初に着いた瞬間、私は、東京の生活感覚をそのまま身につけていたので、空港から都市《まち》までの道路の両側につづく陰惨な小屋や、ぼろを纏った裸足の群衆を見ると、思わず眼をそむけた。五人に一人が飢えている、といわれるのも本当だな――私はそう思った。新聞にデリー特派員が書いている記事――原爆実験、暴動、暗殺、餓死者の群、凍死、疫病、洪水など、およそ独立インドの辿る奇妙な矛盾と混乱が、現実に、むきだしになっている、と、私は、その悩ましい、絶望的な民衆の姿を見て考えたのだった。私は、その東京の生活感覚で、たとえばイギリス人の建てた堂々とした中央停車場を、乞食の巣窟に変えてしまったインド人の怠惰、無気力、投げやり、無秩序を、半ば腹立たしく、半ば非難がましく、眺めている自分を感じた。

それは、頭でどう考えようと、感覚がそう動くので、どうすることもできないという気持だった。食事時の茶碗や皿を汲み置きの汚ない水で洗ったり、砂のざらざらした素焼の茶碗で紅茶を飲まされたり、黒ずんだタオルを出されたり、ぼろぼろのシャツや垢まみれのサリーを着た子供の物売が集まってきたり、陰鬱な lépreux が物乞いしていたり、執拗な悩ましい眼で貧しい人々がじっとこちらを見つめていたりするとき、私のなかで、一握りの上流階級が王侯貴族のような生活をするこの国のカースト制度や、どうしようもない後進性や、無知や、無感覚なエゴイズムに対して、怒りとも悲しみともつかぬ気持が動くのを抑えられなかった。

電力がない。工場は操業効率が上らない。水はない――まったくどこにいってもないない尽しがつづいた。デリーのスタインのコレクションを見ていると、突然、電気が消えて、ミーランのあの美しい壁画の天使は闇のなかに沈んでしまった。守衛は事もなげに、昼休みになったので、官庁も会社も電気が切られるのだ、と説明した。田舎の町では電燈がなかったり、あっても十燭光ほどの電球がぼうっとついているだけだった。

東京から引きずってきた生活感覚は、たしかにこれら非文明的状態を前にして、ひどく落着かなくなっていた。そこには腹立たしさも非難がましい気持もあったが、何よりも、明治以来、営々として文明を築き工業化社会をつくってきた日本に対する自負と安堵の思いがかすかにあった。

ともかくここには五億八千万の人間がいるのだった。どこにいっても子供の大群だった。戸口から子供が鈴なりになって溢れてきた。産児制限も何もまるで効力がなかった。町はずれにある赤十字の相談所では、眼鏡をかけた冷たい表情の女が、手持無沙汰に、いつも本を読んでいた。

飛行機から見ると、蛇行する大河から無数の灌漑用水路をひいて、耕地の緑化を計っているのがわかる。瘤牛が深さ四十米の井戸から果しなく水を汲みあげる風景はいたるところで目撃する。しかし大地は乾いていた。

「大地の歌」で描かれるような窮民の群が陰惨な大都会へ集ってゆく。それは物語として見れば心を強く揺さぶる光景だが、しかし現実には人道問題なのだ――私のなかの生活感覚がしきりにそう叫んでいるのを感じた。

しかし窓ガラスのないタクシーに乗ったり、囚人車のような夜行列車に揺られたり、長いこと路傍で汽車を待ったり、巨大な菩提樹やバニヤン樹を眺めたり、荘厳な赤い夕焼けを仰いだり、村の市の雑踏にまじったりするうち、私のなかのこの衛生学的な、現代的な、技術社会的な生活感覚は、砂が崩れるように、崩れはじめていた。たしかにそれは一日二日で始まったのではないが、すでにボンベイの豪華な海岸通りを、バック湾を黄金にきらめかした荘厳な落日が照らすのを見たとき、かすかに音をたてはじめた崩壊であった。

冬期のインドは、私が旅した中央高原地方では夜は歯がガチガチ鳴るほど寒かったが、太陽が出ると、急に暑くなった。緑の深いサンチーののどかな丘で、野生の緑のインコが飛びから菩提樹の下に寝そべり、私は、原始仏教の端麗温雅な半球形の仏塔《ストゥーパ》をいつまでも眺めていた。それは冬でありながら夏であり、夏でありながら春であった。ちょうどブーゲンビリアの花盛りで、熱帯の華麗な花枝が火焔のように強い太陽をはねかえしていた。同じ仏教でも、黒ずんだ、枯淡の趣もなければ、沈鬱な金色に包まれた瞑想もなかった。ここには溢れる光があり、欄楯に彫られた女神《ヤクシー》たちの豊満な乳房と多産な腰のふくらみが、青空のなかに白く象嵌され、仏伝の浮彫りに明るい生命感を与えているのであった。

仏陀が苦行をすて、尼連禅河《ネーランジャラー》で水浴ののち、乳糜《にゅうび》をとって樹下で正覚を得たという物語は、この豊饒な光と、巨大な、風もないのにさやさや鳴っている樹木と、濃艶な花と、豊満な女体を背景にしなければ、わからないのではないか、と私は思った。無明を絶った仏陀の前に現われたのは、神々の作品としての青空であり、花々であり、風であり、水の流れであったに違いない――私はサンチーの温雅なまるい仏塔《ストゥーパ》を仰ぎ、マトゥラーの赤い砂石の仏陀の立像を見、サルナートの端正崇高な結跏趺坐したグプタ仏を眺めている折、言い難い甘美な歓びの感情をともなって、そう感じたのであった。

「それから世尊は、七日過ぎてのち、その瞑想から起ち上って、菩提樹のもとからアジャパーラ榕樹のあるところに赴いて、七日のあいだずっと足を組んだままで解脱の楽しみを享けつつ坐しておられた」（中村元訳「仏伝」）と書かれているこの「解脱の楽しみ」とは決して現世否定ではなく、〈一切無〉の前に現われた現世の豊饒な姿を喜び楽しむことではなかったのか――私は何度かそう思った。それは生々しく、豊かで、活力に満ち、何よりも喜ばしい感情に貫かれていなければならなかった。

私は、ある日、暑い太陽に灼かれる空虚な鉄道線路を眺めながら、素焼の茶碗で、山羊の乳を入れた紅茶を啜っていた。砂糖黍をしぼった汁をそのままそこにたらした紅茶であった。数日前、東京の生活感覚を引きずっていた私だったら、いつまで待っても列車のこない鉄道線路を、果してこのような趣のある、美しいものとして眺めていただろうか。媚薬のような味わいの、世界で最も美味しい紅茶を、このような陶酔のなかで、飲むことができただろうか。とまれ、その瞬間、永遠が私のそばに佇んでいるのを感じたのだった。

どの町にいっても、一間間口の小さな店が目白押しに並び、土間に品物を並べ、貧しげな人々が雑踏し、生活はほとんど数ルピー貨(四十円)あれば送れるのだった。たとえば部屋代一日二ルピー、じゃがいも一キロ一・五ルピー、食事代二ルピー、トマト一キロ二ルピー、特大伊勢えび二ルピー、力車《りきしゃ》一キロ〇・五ルピーといった生活水準を考えてみれば、彼らの生活の簡素さは容易に理解できた。

しかし地面を裸足で踏んでいる彼らの生活の内側を、私たちは、どうして衛生的な、現代的な、物質文明的な尺度で計れようか——私は村の市の雑踏のなかで押したり押されたりしながら考えるのであった。「それは何も工業化社会が公害をもたらし、近代が人間疎外をつくりだしたからではない。そうではなくて、私たちが〈死〉で区切られた生を持ち、そのような有限の存在であるにもかかわらず、それを忘れ、ただ日々のことに狂奔しているために、私たちは土の感触、牛の糞の匂い、樹木を鳴らす風の音を失ったからなのだ。それればかりではない。この時間と時間のあいだを埋める永遠の感覚、時間のきらめき、ゆっくり昇ってゆくばら色の時間、蒼ざめ沈思する時間、乙女のように恥らう時間を、失ったからなのだ」

ベナレスの水浴場《ガート》ではヒンドゥー教徒の数も年々減っているという。到るところで私は観光化する直前のスペインに似た気配を感じた。おそらくこの聖なる国土も、やがて文明の生活感覚の構図《パースペクティーブ》に嵌った、衛生的な観光王国になるかもしれない。だが〈生〉と〈死〉の間《あわい》を夜明けの風のように吹く〈聖なるもの〉の息吹きは――この純潔な詩は、そのとき息の根をとめられるのであろうか。それともまた、イギリス人の建てた中央停車場を乞食の巣にしている〈聖なる〉怠惰が果しなく支配し、世界各紙のデリー特派員に苛立たしい思いで記事を書かせることになるであろうか。

旅立ちの前に

私はこれから遠く南太平洋の島に旅立とうとして、ちょうど鞄に書物やら地図やら海岸用の衣服などをしまったところである。

もちろん片付かない仕事は幾つかある。その一つ二つは書物と一緒に入れた書類入れの中に挿みこまれている。旅のあいだ、時間があり、気持がまとまったら、書きあげようと思っている短いエッセーの類だ。

私はこれまでも旅のあいだに月々の連載小説を書いたし、旅先からのレポートを送った。毎日、ワンダーフォーゲルのように小ホテルを転々と移動しながら、夜の食事のあと、あるいは早暁、ほとんど物が書かれたことのないような狭いテーブルに向って、原稿用紙を拡げた。

大体、小説家は書く時間を神聖化し、書き慣れた場所でないと書けないというのが通念になっている。小説家が想像的な世界を相手に生きる以上、そうした仮構世界《フィクション》の中に気持を統一して入ってゆかなければならないのは当然である。そのためには、できるだけ、現実の印象を単一化し、稀薄化してゆく必要がある。そうでないと、どうしても強烈な現実のほうに引かれて仮構世界の中に入り難くなるからである。

この意味では、印象が過剰になる旅は、小説を書く場としては適当でなく、まして、転々と渡り歩く小ホテルなど、もってのほか、ということになる。

しかし旅の快い刺戟が精神を高揚させ、印象や思考を鋭くしてくれるのも事実である。たとえばトーマス・マンのように書斎で規則的な執筆をする小説家でも、『マリオと魔術師』などは、イタリア海岸へ海水浴にいったとき、パラソルの下に携帯テーブルを拡げ、そこで書かれた。彼自身、海岸のざわめき――風や波の音、人々の叫びを聞きながら執筆したときのことを回想している。実際に旅先で書かれたのではないが、同じマンの『トニオ・クレーゲル』はデンマーク旅行が重要な事件になっているし、『魔の山』はスイスへマン夫人の見舞いに出かけた折の印象が根底に置かれている。

もともと旅は文学創造の大きな霊感の泉であり、旅を主題とする文学はすでにホメロスから始まっている。『オデュッセイア』はトロイからイタカに戻るオデュッセウスの遍歴であるし、『神曲』はヴェルギリウスに導かれたダンテが地獄、煉獄、天国を遍歴する叙事詩であるし、近代小説の祖とされる『ドン・キホーテ』自体すでに騎士遍歴譚のパロディなのである。日本文学はすべて旅の文学とも言えそうだ。

たしかに人生を旅と見る見方に従えば、旅を扱わない文学はない、と言うことになりかねない。そこまで枠を拡げなくても、旅は、閉された日常生活を打ち砕き、新鮮な印象の風で魂を洗う稀有の機会であるに違いなく、そこから詩的感興が呼び起されるのも当然だろう。

しかし最近のように交通手段が発達し、旅行も日常生活とさして変らなくなると、問題が多少変ってくる。とくに仕事のための旅行がつづき、旅行のもつ新鮮さがなくなる場合、旅はただ煩わしさのもとでしかなくなる。

そこまでゆかなくても、物質的な生活に慣れ、日々が静かに過ぎてゆくことに何の感興も感動も呼び起されなくなった現代人にとって、旅は、ただ目的地にゆくための手段でしかない。

たしかに外国の町々を見ても、「なんだ、東京と変りないな。いや、東京以下だな」というひどくシラけた顔をしている人々が少なくない。そして目的といえば、ただショッピングだけ、という人々もかなり多い。

各人各様であっていいし、そういう時期は誰にもある。しかしそんなときにも、旅というのが、人間の魂にとって、やはり最大の冒険の機会である、ということを思い出してほしいとは思う。冒険というと、いかにも無謀な行動や恋のアヴァンチュールを思わせるが、もちろん魂の冒険は、そんなこととは直接関係がない。

それは、日常生活のなかで、すっかり惰性化した物の見方、感じ方を、もう一度、新鮮な、感じ易いものに変えてゆく、ということである。むろん現代人の無感動、無感覚になった心を、感じ易いものに変えるのは容易ではない。「なんだ、大したことはない」という慢性化した不満、幻滅が私たちを相変らずの日常的な気分のなかに浸しておく。せっかくの旅も、ジェット機も、魂に感じ易さを取り戻す機会とはならなくなる。

誰だったかが、外国の都市に着いたとき、そこを背景にした映画や、映画音楽を思いだすと、旅情がひとしお深まる、というようなことを書いていた。たとえばロシアの都市を歩くとき、ララのテーマを口ずさむとか、パリを歩くとき、好きなシャンソンを歌ってみるとか、したらどうか、というのである。

これなどもたしかに無感動、無感覚になった心に、感じ易さを取り戻すための一つの方法であるかもしれない。

私などは空港で人々が旅仕度で忙しげに歩きまわり、行先・時間を示す掲示板がたえずカチカチいって自動的に変ってゆくのを見るだけで嬉しくなるほうだ。そこには、最も現代的な〈詩〉が漂っているように思えるからだが、それはかつて上野ステーションに感じた〈詩〉の現代的なヴァリエーションにほかならない。そこには、大都会と同じく現代人の哀歓が色濃く描きだされている。

ましてジェット機に乗りこみ、信じられない速力で海と大陸を越えてゆくとき、その一刻一刻は、私にとって、ある幻想的な時間の流れとなり、まるで不思議な冒険物語中の一人物のような気がしてくる。

かつて旅が文学に霊感を与え、多くの題材を供したのは、そこに、日常では味わえぬ驚きがあったからである。現代の文明化した旅にも、むろんこうした驚きはある。ただ、物質生活のなかで想像力を失った私たちが、それを感じなくなったまでである。

では、どうしたら旅を魂の冒険の機会とすることができるか。どうしたら旅のなかに驚きを味わえるか。

この問いに全的に答えるのは難しい。ひょっとしたら、そのために現代文明論を書く必要があるかもしれない。しかしたとえば私などは単純に「旅にあること」を「嬉しい」と感じることも一工夫ではないか、と思っている。

それは何か「嬉しいこと」があって「嬉しい」と感じるのではなく、直接「嬉しいこと」がない場合にも、頭から「嬉しい」と心に思うのである。無理にも「嬉しさ」の感覚を呼びだすのである。

こうして無動機に呼び出された「嬉しさ」が、かえって「旅にあること」のなかに「嬉しいこと」を見つけださせてくれるのではないか。

いま私自身、旅立ちの前にいて、親しい机や、書物や、花々に別れの挨拶を送っている。私の喜びを支えてくれるのが、こうした日々の友であることを、旅立ちの前ほど強く感じられることはないからだ。

南の遥かな青い海

「右手にモーレア島が見えます。間もなくタヒチ島です」

機内アナウンスの声に私は読みさしの本から眼をあげ、そのまま眼が窓外に釘づけになるのを感じた。ポリネシアの島々の美しさはかねてから写真でも見、話にも聞いていた。しかし朝の光に照らされた島々の香わしい色鮮やかな姿は、到底そんなものからは想像できなかった。

古来、人々が「地上の楽園」と呼び、「南国の真珠」と言った理由がうなずけた。青い透明な南太平洋の波に洗われた、濃いみどりの山々が、鮮明な輪廓で、立ちはだかり、島のまわりには、ぐるりと、黒い珊瑚礁が、環をかぶせたように取りまいていた。珊瑚礁のなかの礁湖《ラグーン》の色は、目も覚めるような白緑色で、黒い珊瑚礁の環の外の、あくまで濃い青と、鮮かな対比をみせていた。

私は息をのみ、ジェット機がみどりの香わしい島に近づくのを見つめていた。

った。――私が南の島々に憧れるようになったのは少年期の冒険小説の耽読以来のことであ

ていて、スティーヴンソンやヴェルヌの小説の魅惑は私の夢想癖を後年になっても駆りたてていて、私はたえず船乗りになりたいと思いつづけていた。

たまたま大学を出る年、思いあまって、ある船会社へ就職を頼みにいったことがある。応対した人事係の人が「さあ、文学部の方ではね」と困ったような顔をして首をかしげたことを思い出す。フランスに出かけたとき、三十三日の船旅をして、香港、シンガポール、コロンボなど熱帯の港に寄ることができ、やっと夢想の一部が満されたが、遠い南の島々への夢は、相変らず私のなかで押えがたくうずいていた。

私が帆船に乗組む若者たちの生活を小説『眞晝の海への旅』で描いている間も、こうした南の青い海は、心のなかで、つねに鳴りどよめいていた。南太平洋は年とともに私の心のなかの渇望となり、固定観念となっていった。

タヒチが眼の前にある――それはこういう私には、何か信じられないような出来事だった。私の心は幸福感にしめつけられていた。空港でエール・フランス支社から美しい混血のリンダが迎えてくれて、首に白いティアレの花環をかけてくれたとき、南の国の甘美な香りが濃く全身を包むのを感じた。

私はリンダの車で早速D博士の家を訪ねた。ブーゲンビリアの花盛りのなかを、島を

一周する自動車道路が走っていた。数年前に較べると、パペーテは喧騒の町になったと、人々は嘆いていたが、海沿いに走る道路の両側は、パパイヤやマンゴーやバナナがたわわに実をつけ、爽やかな明るい南太平洋の微風が色の濃いハイビスカスやカンナやポインセチアのあいだを吹きぬけていた。

D博士は木立に囲まれた広い芝生の中の書斎で私を迎えた。窓からは、青い海の向うに、環礁に打ち寄せる白い波が見えていた。室内を吹き通る微風のなかに、沖に砕ける波の音が快くひびいていた。

私はこんな快適な、こんな魅惑的な書斎を見たことがなかった。周囲の壁はぎっしり書物で埋まり、ポリネシアの彫刻や工芸品が壁面を飾っていた。D博士はコンティキ号に乗ってポリネシアに来た文化人類学者で、すでに三十年来、タヒチに住みつき、ポリネシアの研究に打ち込んでいた。

ハイエルダールがマルキーズ諸島のファツ・ヒバ島に来たのは、ちょうどゴーギャンがそうであったように、機械化された近代社会に背を向け、原始の純粋を求めるためであった。

しかし私が見たかぎり、タヒチを中心とするソシエテ諸島に荒々しい未開の野性を求めるのは誤りだ。タヒチにせよモーレアにせよボラボラにせよ仏領ポリネシアの島々の魅力は、優雅な、鷹揚な、自然の豊かさにある。タヒチの島人は海で魚を取ると、その日喰べられないものは海へ放してやるという。たしかに島には、そうした寛大さ、暢気さ、人の好さが残っている。私が島めぐりの途中、バイクの故障で困っていると、島の人たちが集って三十分ちかくかかって修理してくれた。エンジンが動きだすと、みんながわっと歓声をあげた。そして謝礼はどうしても受取らなかった。

私はタヒチからモーレアに船でゆき、さらにライアテア、タハアへ飛んだ。島と島は水平線に青く島影を望むほどの距離にある。いずれも島のまわりに、環のように珊瑚礁がとりまき、礁湖《ラグーン》のなかの海は透明で、無数の熱帯魚の群れが泳いでいた。

どの島もバンガロー形式の小屋が椰子の林のなかに三々五々並んでいて、中央に大食堂があり、メニューはその日その日で決まっていた。海のなかに高床式に張り出したバンガローに泊るような夜、満天の星を眺めながら、静かに寄せる波音を聞いていると、やはり南の孤島の無為と浄福を思わずにはいられなかった。遠く沖では環礁に砕ける波が雷のように一晩中とどろきつづけた。

ライアテアでは日曜のミサに教会に出かけ、ポリネシアの有名な伴奏なしの見事な讃美歌の合唱を聞いた。一種独特の哀調のあるメロディで、各声部が自然と美しいハーモニーで響き合っていた。

私はパペーテでもボラボラでも観光客たちのための歌や踊りを見たが、これはポリネシア情緒を演出してあって、綺麗すぎるという印象は拭いきれなかった。しかしパペーテの舞踊団は訓練もよくできていたし、ボラボラでは晩に島の伝説を歌った肥った男が、翌朝、庭で植木の手入れをしていて、照れ臭そうに挨拶したりした。

パペーテで知り合ったフランスの若い詩人兼写真家がランギロアではぜひ鱶を見てくることだ、と言っていた。ランギロアは環礁だけからできあがっており、その周囲は琵琶湖ほどもあるという。飛行機が近づいたとき、海面に大きな輪を描く環礁の一部が見えたが、環礁に下りると、もう向う側は見えず、ただ砂浜と荒涼とした椰子や灌木の林がつづく。島といってもせいぜい幅は五百メートルあるかないか。ところによっては、左右に外海と礁湖《ラグーン》とを見られるほど細い場所もある。

午後、ガラス底の船で沖へ出て、青ざめた海底をのぞきこんでいると、無数の魚がしなやかに泳ぎぬける。水中マスクをつけて銛を持った男が魚を仕留め、その魚の腹を裂いて海底の岩の下に隠しておく。すると、間もなく、血の匂いに誘い出された鱶が灰色の不気味な姿を現わすのだった。

彼らは野犬が地面を嗅ぎ歩くように海底を泳ぎまわり、最後に獲物を見つけると猛烈な勢で鼻先で岩をこじあけた。

私はタハアの沖の無人島のラグーンでシュノーケルで泳ぎはじめてから、透明な波の下を泳ぐたのしみに時のたつのを忘れていた。眼の前を色鮮やかな熱帯魚が驚きもせずに過ぎてゆく。そして遠く椰子の林が黒いシルエットとなって赤々と燃える南太平洋の夕焼け空に浮ぶまで、私は何もかも忘れて、ひたすら海と風と光のなかに暮したのだった。

中国の旅から

今年（一九七七年）は旅に憑かれていた。三月にシリア砂漠を歩き、六月には南太平洋の環礁で波の音を聞いていた。九月から十月にかけてギリシアからユーゴスラヴィアへ古い教会を訪ねてまわった。私のなかの何かが、遠い異国へ私を駆りたてていた。何を求めているのか、自分でもよくわからないままに、私は旅への衝動に身をまかせた。

中国の旅はほとんど運命のようにこうした私の前に現われた。ベオグラードからパリを経て羽田に着き、玄関で靴の紐を解いているとき、電話のベルが鳴った。井上靖氏から中国へゆく気持はないかという電話であった。私は何かが自分を呼んでいるのを感じた。私はその声に従うべきだと思った。

北京に着き、対外友協の方々の手厚い出迎えを受け、北京飯店に入ったとき、すでに夕もやがこの高雅な古都を包んでいた。

私はその夕もやのなかを天安門までひとりで歩いてみた。夕映えがわずかに空に残っていた。おびただしい自転車の群れが、あとからあとから、天安門広場のほうへ、そしてまた天安門広場のほうから、流れていた。かつてオランダの町々でも自転車の流れを見たが、北京の自転車の洪水はそれとは比べものにならなかった。

広い長安街を埋めて走ってゆくその自転車の流れは、一定の速度で音もなく動いているので、路傍に立っていると、地面がベルト・コンベアになっていて、自転車の群れが自然に移動しているように見えた。

私はこの果てしない自転車の流れを、ながいこと、ひとりでながめていた。天安門広場に近づいたとき、街灯がいっせいに輝きだした。その青白い光を浴びて、自転車の群れは絶えることなく流れていた。

東京の出勤時にも、私はおびただしい人の流れを見て、心を動かされることがある。しかし北京の自転車の洪水は、それよりも、もっと静かで、整然としていて、落ち着きがあった。工場から戻ってくる人もいた。荷物を荷台に載せている人もいた。角材を背中にくくりつけている人もいた。男もいたし、女もいた。

私はそうした人々の顔を見ているうち、何とも言えぬ安堵の気持が自分の心を浸すのを感じた。そこには、まぎれもない〈民衆〉の顔があったからだった。大地に結びつき、生産に結びつき、根源の生命に結びつく〈民衆〉が、そこに、生きていた。

その後、私は大同にゆき、江南の町々をまわった。古い中国も新しい中国も私の心にしみたが、そこには、つねに、この〈民衆〉の顔があった。人々は大地の上で生きていた。大都市の雑踏の中で動いていた。しかもこの〈民衆〉は一つの理想を生きていた。それは壮大なドラマを見るさまに似ていた。

私は旅の果てにあったものの素晴しさに何度か息をのんだ。そしてしばしば、

How many goodly creatures are there here!
How beauteous mankind is!
O brave new world,
That has such people in't!

と叫ばざるを得なかった。

旅について――「あとがき」にかえて――

考えてみると、私は子供の頃から旅に対してある憧れのようなものを抱いていたようだ。おそらく東京育ちで、旅というものをほとんどしたことがなかったので、思いだけが、ひたすら募っていったということだろう。

戦前は今と違って、どこの家でもそう簡単に海外に出かけられなかっただけではなく、東京を離れてどこか田舎にゆくようなこともそれほど頻繁に行われなかった。私自身についていえば、子供の頃、避暑地にゆくという経験もなければ、登山やスキーをしたこともない。旅行らしい旅行といえば、母の故郷の鹿児島へ三歳のときと十二歳のときの二度行っただけである。

それだけに旅が特別素晴しいことに思えたのは事実で、田園風景を書いた文章とか山岳地方の写真とかは、いつまでも心に残り、大人になったら、そうしたものを見て廻るような仕事をしたいと念願するようになった。文学を志す前、私は船乗りになりたいと思っていたのもそのためだ。

中学の終りの頃、小遣い銭だけを持って、衝動的に汽車に乗りたくなり、親にも告げず、新宿駅から中央線に乗ったことがある。所持金を全部叩《はた》いて行けるところまで切符を買ったのだから、旅のなかに身投げをしたようなもので、今思うと、かなり切羽詰った気持に追いこまれていたに違いない。ポケットに「芭蕉文集」を持っていたことから考えると、子供の頃から憧れていた旅への思いが、募りに募って、とうとう限界に達し、その日の朝、蒸気でも爆発するみたいに、突然、暴発したのであろう。

切符は初鹿野《はじかの》までしか買えなかったので、午後やや日の傾いた峠道を越えた。勝沼に着いた時は日が暮れた。私は前に進もうにも後に戻ろうにも懐には一銭もなかった。駅のベンチで夜を明かすよりほかなかったが、とくに不安も恐怖も感じなかった。

翌朝、蚕の匂いのする桑畑のなかを歩いて春日居村の知人の家に辿りついたが、私の様子がおかしかったのだろう、その家からわが家に連絡があり、父が引き取りにきてくれた。

私がフランスに出かける前にした本当の旅は、これ一度だけである。しかしそこには芭蕉のように旅に生き旅に死にたいという気持が、稚いなりに、煮つまった形で出ているし、旅が与える新鮮な冒険的気分を全身で味おうとする姿勢もはっきり読みとれる点で、その後の私の生き方の原型が現われているように思う。ふだんはわりと市民的生活を守って、目立たず暮すことが好きなのに、突然風に吹かれるように衝動的に旅に出るというのも、あまり変っていないようである。

私は日々の暮しが嫌いではない。むしろ朝起きてから夜寝るまで、一定のリズムで進んでゆく日常生活を愛しさえしている。本をごしゃごしゃに積み上げた仕事場で物を書いていても、午前の軽やかな光から午後の重い光へと変ってゆくのが分る。季節の微妙な移り変りも窓辺に感じることができる。街を歩いても、知っている人の顔は多い。そんな人たちと天候の挨拶を交し、時には立ち話をする。私はこうした日々の暮しが決して嫌いではない。大学で教えることも苦にはならない性格《たち》だ。

それにもかかわらず、突然風に吹かれるように旅に出たくなる。そして旅立ってみると、測り知れぬ自由が全身を浸し、私が今まで日常生活のなかで次第にルーティン化していたことを痛感する。自分では日々新しいつもりで生きていたのに、やはり習慣に摑まり、冒険や飛躍を失っていたことに気づく。

だが、それは、旅に出て、自由な清新な空気に触れたからこそ初めて感じることで、日常生活のなかにいては、なかなか見出し難いものだ。おそらくそれとはっきり意識されないものの、直観的に自らのルーティン化を感じていて、それが突然旅への衝動になって現われる、というのが本当のところかもしれない。

そんなわけで、旅は、私の生活を活性化するための、なくてはならない存在となった。小説を書くようになり、前より自由に旅行できるようになったので、機会があるかぎり、できるだけ身軽に動くようにしている。ただ私は大学で文学を講じているので、芭蕉のように旅に生き、旅を棲み家とするわけにはゆかない。しかし南仏や北大西洋海岸のホテルを転々と放浪しながら小説を書くのもいいが、日常生活の義務を市民的に果しながら、旅に憧れるというのも悪くないと思っている。

最近私が達した結論では、旅でも日常生活でも〈想像力〉が働かなければ、まったく楽しくない。〈想像力〉さえあれば、どこにいても最高の楽しさを味わうことができる。私たちが日常生活のなかでルーティン化するというのは、この〈想像力〉が活発に動かなくなるということだ。生活の活性化とは〈想像力〉を活性化することに他ならない。だから旅に出ても〈想像力〉がすこしも動いてくれないと、旅は新鮮でも何でもなくなる。パリに着いてもローマにいっても、まるで感動しない人がいるが、それは〈想像力〉が動かなくなっているからだ。

では、旅に出ることより、〈想像力〉を活性化することのほうが大事なのではないか――その通りである。

私が時どき古いトーマス・クックの時刻表を見たり、よれよれになった使い古しの地図を拡げたりして、架空旅行をしてみるのも、この〈想像力〉で遊ぶためだ。ぴったりした旅行記が本棚にあれば、この架空旅行は最高である。ずっと以前、私は『地図を夢みる』（新潮社「夢と冒険シリーズ」）を編集したことがあるが、それは〈想像力〉こそがこの世を楽しく生きる秘訣だと信じたからだった。そしてそれは今も変らない。

こんどレグルス文庫に入る『地中海幻想の旅から』は、私がフランスにゆくようになってから試みた旅についてのエッセーのうち、気に入ったものを主題や土地別に編集したアンソロジーである。若い頃の私の旅の日々が読者の心に〈旅への憧れ〉を掻き立て〈想像力〉を活性化することができたら、どんなに幸せだろう。その意味でこのアンソロジーを世に送る機会を与えられた安田理夫氏に心からの謝意を申し述べたい。

一九九〇年三月

フランスへ旅立つ日　高輪にて

辻　邦生

解説

松家仁之

辻邦生の文学には地平線があり水平線がある。

物語を動かし、どこかへ運んでゆく登場人物の意識や行動より、はるかに重く揺るがないものとして、地平線、水平線が伸びひろがっている。

時間はどうだろう。

千年単位の時間の流れに浮かぶ登場人物の意識はうたかたにすぎない。皇帝であれ職人であれ、人はやがて死んで終わりを迎え、地平線に回収される。

そのような空間と時間が、辻邦生の文学にはひろがっている。

戦後の現代文学のおおくが、同時代に生きる人間の、意識の内外で起こる物語であるとするなら、辻邦生はしばしば歴史という過去の時間と場所に物語を求め、人間を内部から描くというよりむしろ外部から、しかも幾分離れた場所から見おろすように描いた。これはあまり類のないことだった。

たとえば、海と陸の接点から水平線の45度上方に視点をおき、世界を鳥瞰《ちょうかん》したところに辻邦生の文学が生まれる、といってもいいかもしれない。湧きあがる霧のカーテンをくぐりぬけ、地上に見え隠れする尖塔《せんとう》をまず描いた『背教者ユリアヌス』の冒頭は、読者を鷲のようにうしろからつかみあげ、上空へと連れ去る力を持っている。二千枚におよぶ物語の終わりでは、遠い地平線に向かう隊列の足跡が風でかき消され、ただ砂漠がひろがるさまを描いた。

ヨーロッパ文学からの影響はあらためて触れるまでもない。しかし、本書を読みすすめるうち、辻邦生の文学の地平線や水平線は、そして流れる時間は、ヨーロッパでくりかえされた著者の旅の経験に由来するものではないか、と気づかされる。

文章をつくりだすものは脳である。脳は、目、耳、鼻、口、舌、皮膚など、感覚を受けとる器官から集められた情報を統合する。旅での身体的な経験は、様々な情報として脳に送りこまれ、それは記憶となる。その人の脳内では固有の空間と時間の枝葉が伸びひろがり、更新されてゆく。旅の経験が脳内の空間をひろげてゆくのである。

小説家はしばしば旅の記憶を素材に物語の場所や輪郭をつくりあげる。辻邦生の文学空間の天井がおおきくひらかれていると感じるのは、辻邦生がつねに旅の空の下にいたからではないのか。

いまわたしたちは旅を消費する時代に生きている。旅は事前に得た情報の確認作業と似たものになってきた。辻邦生が船でヨーロッパに向かった一九五〇年代後半、旅はただ「旅という経験」であった。しかし六〇年代、七〇年代にはいると、旅の重みと質はおおきく変わり、消費する観光が主流となってゆく。その様子は本書でも触れられている。

ここで少しふりかえってみよう。

辻邦生の海外の旅は船旅からはじまった。

一九五七年、フランス政府保護留学生として、フランス郵船の四等船客となり、約一ヶ月をかけて渡仏した。辻邦生が遺した旅のスケッチブックには、四等客室の丸窓から見える地中海の、波のうねりとその光がとらえられている（『辻邦生全集』20巻口絵）。四年後の六一年にふたたびフランス郵船で帰国するまで、パリを足場にヨーロッパ各地を旅した。スイスでは、ジュネーヴ、ベルン、チューリヒを訪ね、フランス国内各地も友人知人のつてを頼って旅し、イタリア旅行では、ピサ、ローマ、フィレンツェ、ヴェネツィア、ミラノなどを精力的にまわっている（旅の詳細は『辻邦生全集』20巻　井上明久編の年譜による）。

留学三年目の一九五九年の夏にはギリシャ旅行に出かけている。「私が小説を書くようになったのは、一九五九年のギリシア旅行のあとであった」(「私の古典美術館」)。パリに戻ってまもなく小品「ある旅の終り」を書きあげ、原稿を船便で北杜夫に送った。翌年も数篇の小品を書き上げ、読み終えた北杜夫は原稿を埴谷雄高に手渡した(六一年からは埴谷雄高が同人をつとめる雑誌「近代文学」が発表誌となり、本格的な作家活動が開始される)。

一九六〇年の夏は、スペイン国内各地を旅した。陸路でフランスに戻り、ヴァレリーの「海辺の墓地」がある港町セートに寄った(「海辺の墓地から」)。さらに、アルル、アヴィニヨン、マルセイユ、エクス・アン・プロヴァンス、グルノーブル、リヨンなどを訪れている。冬にはドイツ、オーストリア旅行へ。さらにフライブルク、チロル地方、ウィーン、ザルツブルク、ミュンヘン、フランクフルトへ。

一九六一年の帰国後、旺盛な執筆活動と大学教員の仕事も重なって、国内旅行を別にすれば海外への旅からはしばらく遠ざかることになる。この間に『廻廊にて』、『夏の砦』、『安土往還記』、『小説への序章』が発表された。

六八年、埴谷雄高とともにソビエト連邦経由の飛行機でフランスに向かった。途中、ソビエトの軍事介入直前にチェコの「プラハの春」に遭遇する(「変ったパリ変らぬパリ」)。東西ベルリン、ミュンヘン、北欧、イタリア旅行に埴谷雄高と同行したのち、

「五月革命」直後のパリに入って、六九年九月までの一年二ヶ月、パリに滞在することとなる。

六九年七月、文芸誌「海」の依頼を受けて、創刊号から『背教者ユリアヌス』の連載がスタートした。ヨーロッパ中世美術の研究家であった辻佐保子大人の『「たえず書く人」辻邦生と暮らして』（中公文庫）には当時についてこう書かれている。

　中学時代の「世界地図」の教科書をいつまでも大切な宝物にしていた辻邦生にとって、ローマ帝国の広大な領土を舞台とする『背教者ユリアヌス』ほど、各種の歴史地図や大地の起伏を描く鳥瞰図が有益だった作品はない。（中略）六九年、執筆開始の前後には、まずローマのコンスタンティヌス大帝にちなむモニュメントと近郊の港町オスティアの遺跡、ついでトリーアやケルン、マインツはじめライン河流域の遺構や出土品を集めた美術館を訪れた。

また、埴谷雄高に同行する旅の途中、飛行機の故障で航路が変更され、予定外の空港に向かったときの経験が前述した『背教者ユリアヌス』の冒頭の光景に結びついた、という興味深いエピソードを辻佐保子は明かしている。

ここに集められたエッセイは、辻邦生の四十三歳から五十二歳までの十年におよぶ旅の記録である。この時期に発表された長篇小説は、『安土往還記』（一九六八年）、『嵯峨野明月記』（一九七一年）、『天草の雅歌』（一九七一年）、『背教者ユリアヌス』（一九七二年）、『眞晝の海への旅』（一九七五年）、『時の扉』（一九七七年）、『春の戴冠』（一九七七年）。

旅の経験と記憶が文学を涵養《かんよう》する。これは辻邦生にだけ訪れた特別なことではない。ヨーロッパ文学を眺め渡せば、そこには旅が原動力となり、モチーフとなった名作の峰がならぶだろう。文学が他者と出会う物語だとすれば、旅もまた他者に出会い、自己を相対化するものである。

辻邦生が七〇歳になる年に刊行した長篇小説は『西行花伝』（一九九五年）。出家し漂泊の旅に出た西行をモチーフに選んだことは、もはや偶然のなりゆきではない。辻邦生の文学は最後まで旅とともにあった。

それにしても、旅の幸福をこれほど感じさせるエッセイ集があるだろうか。イタリアの古いホテルの重々しい寝台やぎしぎし鳴る衣装箪笥の描写、乗り継ぎ切符を買おうとした切符売り場で、時刻表を徹底的に調べあげていることに感心される話、食堂車の愉しみ、パリから夜行列車でロシアに向かう旅の、車窓に切り取られる風景。夜行列車で同室となった白系ロシア人の老人の横顔……それぞれが短篇小説の一場面でもあるかのように、わたしたちの目の前に浮かんでくる。

人類はその起源までさかのぼれば、旅する動物であった。さもなければ、世界中に、気の遠くなる時間をかけて、民族の異なる人間を広げ、ちりばめてゆくことにはならなかった。旅に倦《う》んだ者、その土地に惹きつけられたものだけが残り、満たされないものがさらに東へ、北へ、南へ、と向かったのだ。

しかし辻邦生は、ただ前へ前へと旅をしていたわけではない。最後にそのことについて触れておきたい。

辻邦生が旅先でかならず足をとめ、しばらく見入るもの。それは本書でもたびたび描かれる墓であり、廃墟である。

「むしろ私は廃墟の持つ激しい拒否の身ぶり――時間がすべてを無にしてしまうという実感――を味わったあと、かえって自分が現実の生をいっそう集中し、濃密に生きようとしているのを感じた」（「廃墟の教えるもの」）

すでに亡いものへの鎮魂。限りある孤独な生への肯定。辻邦生の文学が、過去の時間と場所に題材を求めながら、現在を生きる読者への励ましになっていると感じるのは、このような姿勢によるのではないか。

火山の噴火で焼きほろぼされたポンペイの、発掘された骸骨のレリーフ付き銀盃に書かれたことばが、本書には引用されている（「ポンペイ幻想」）。わたしにはもはや、辻邦生の囁き声としか聞こえない。

「骨にならぬうち、人生をたのしめよ」

（まついえ・まさし／小説家・編集者）

著者愛用の旅の手帳とスケッチブック
本文カットはここから採録した

Ⅲ　北の旅 南の旅から

ロシアの旅から　一‥1973年5月　プーシキン全集第5巻月報

ロシアの旅から　二……………………1977年10月　芸術新潮

森の中の思索から……………………1972年1月3日　読売新聞

北の海辺の旅…………………………1977年6月20日　週刊朝日

南イングランドから……………………………1974年6月　風景

ハドリアヌスの城壁を訪ねて…………………1974年2月　學鐙

大いなる聖樹の下——インドの旅から

……………………………………1975年1月16日夕刊　毎日新聞

インド変容………………………………………1975年3月　波

旅立ちの前に…………………1976年6月　ボン・ボワヤージ

南の遥かな青い海……………1976年9月　ボン・ボワヤージ

中国の旅から…………………………1977年2月　日中文化交流

初出紙誌一覧

I　地中海幻想の旅から

中部イタリアの旅……1970年10月　新編世界の旅第７巻収録

フィレンツェ散策…………1973年２月23日　朝日ジャーナル

私の古典美術館…1973年４月23日～５月５日　日本経済新聞

アッシリアの眼………………1973年３月30日　日本経済新聞

ポンペイ幻想……………………………1965年５月　みすず

廃墟の教えるもの………1976年１月８日夕刊　サンケイ新聞

地中海幻想…………………………………1971年５月　太陽

カルタゴの白い石………1975年７月14～15日夕刊　朝日新聞

友をもつこと……………1976年11月　北杜夫全集第11巻月報

II　フランスの旅から

ヨーロッパの汽車旅…………………1971年４月　パスポート

恋のかたみ…………………1968年10月　ハイファッション

モンマルトル住い………………1969年10月20日　週刊読書人

海辺の墓地から…………1970年12月　立教チャペルニュース

早春のパリ…………………………1970年２月　パスポート

昔のパリいまのパリ…………………1968年５月　サンケイ新聞

変ったパリ変らぬパリ……………………1968年12月　朝日新聞

フランスの知恵…………1969年11月１日夕刊　サンケイ新聞

パリの雀のことなど……………………1968年５月　言語生活

回想のシャルトル…………………………1971年５月　クック

近い旅遠い旅…………………1973年１月４日夕刊　朝日新聞

パリ――夢と現実…………………………1977年５月　芸術新潮

風塵の街から…………1981年４月　『風塵の街から』あとがき

回想のなかのゴシック

……………………1974年９月　大系世界の美術第12巻付録

『地中海幻想の旅から』　一九九〇年五月　レグルス文庫　第三文明社刊

右記を底本とし、必要に応じて『辻邦生全集』第16巻、第17巻、第19巻（二〇〇五年　新潮社刊）を参照しました。

底本中、明らかな誤植と思われる箇所は訂正し、難読と思われる文字にはルビを付しました。

本文中に今日不適切と思われる表現もありますが、作品の時代背景及び著者が故人であることを考慮し、底本のままとしました。

編集にあたり学習院大学史料館の協力を得ました。

（編集部）

中公文庫

地《ち》中《ちゅう》海《かい》幻《げん》想《そう》の旅《たび》から

2018年12月25日　初版発行

著　者　辻《つじ》　邦《くに》　生《お》

発行者　松 田 陽 三

発行所　中央公論新社
〒100-8152　東京都千代田区大手町1-7-1
電話　販売 03-5299-1730　編集 03-5299-1890
URL http://www.chuko.co.jp/

印　刷　三晃印刷
製　本　小泉製本

Published by CHUOKORON-SHINSHA, INC.
Printed in Japan　ISBN978-4-12-206671-7 C1195
定価はカバーに表示してあります。落丁本・乱丁本はお手数ですが小社販売部宛お送り下さい。送料小社負担にてお取り替えいたします。

中公文庫既刊より

各書目の下段の数字はISBNコードです。978－4－12が省略してあります。

つ-3-16
美しい夏の行方 イタリア、シチリアの旅
辻 邦生 堀本洋一 写真
光と陶酔があふれる広場、通り、カフェ……ローマからアッシジ、シエナそしてシチリアへ、美と祝祭の国の町々を巡る甘美なる旅の思い出。カラー写真27点。
203458-7

つ-3-20
春の戴冠1
辻 邦生
メディチ家の恩顧のもと、花の盛りを迎えたフィオレンツァの春を生きたボッティチェルリの生涯――壮大にして流麗な歴史絵巻、待望の文庫化！
205016-7

つ-3-21
春の戴冠2
辻 邦生
悲劇的ゆえに美しいメディチ家のジュリアーノと美しきシモネッタの禁じられた恋。ボッティチェルリは彼らを題材に神話のシーンを描くのだった――。
204994-9

つ-3-22
春の戴冠3
辻 邦生
メディチ家の経済的破綻が始まり、フィオレンツァの春は、爛熟の様相を呈してきた――永遠の美を求めるボッティチェルリと彼を見つめる「私」は。
205043-3

つ-3-23
春の戴冠4
辻 邦生
美しいシモネッタの死に続く復活祭襲撃事件……。ボッティチェルリの生涯とルネサンスの春を描いた長篇歴史ロマン堂々完結。〈解説〉小佐野重利
205063-1

つ-3-25
背教者ユリアヌス（一）
辻 邦生
血で血を洗う政争のさなかにありながら、ギリシア古典を学び、友を得て、生きることの喜びを見いだしていくユリアヌス――壮大な歴史ロマン、開幕！
206498-0

つ-3-26
背教者ユリアヌス（二）
辻 邦生
学友たちとの平穏な日々を過ごすユリアヌスだったが、兄ガルスの謀反の疑いにより、宮廷に召喚される。皇后との出会いが彼の運命を大きく変えて……。
206523-9

つ-3-27
背教者ユリアヌス（三）
辻　邦生
皇妹を妃とし、副帝としてガリア統治を任ぜられたユリアヌス。未熟ながら真摯な彼の姿は兵士たちの心を打ち、ゲルマン人の侵攻を退けるが……。
206541-3

つ-3-28
背教者ユリアヌス（四）
辻　邦生
輝かしい戦績を上げ、ついに皇帝に即位したユリアヌス。政治改革を進め、ペルシア軍討伐のため自ら遠征に出るが……。歴史小説の金字塔、堂々完結！
206562-8

つ-3-8
嵯峨野明月記
辻　邦生
変転きわまりない戦国の世の対極として、永遠の美を求め〈嵯峨本〉作成にかけた光悦・宗達・素庵の献身と情熱と執念。壮大な歴史長篇。〈解説〉菅野昭正
201737-5

ほ-16-1
回送電車
堀江敏幸
評論とエッセイ、小説。その「はざま」にある何かを求め、文学の諸領域を軽やかに横断する——著者の本領が発揮された、軽やかでゆるやかな散文集。
204989-5

ほ-16-2
一階でも二階でもない夜　回送電車Ⅱ
堀江敏幸
須賀敦子ら7人のポルトレ、10年ぶりのフランス長期滞在で感じたこと、なにげない日常のなかに見出した秘蹟の数々……54篇の散文に独自の世界が立ち上がる。〈解説〉竹西寛子
205243-7

ほ-16-5
アイロンと朝の詩人　回送電車Ⅲ
堀江敏幸
一本のスラックスが、やわらかい平均台になって彼女を呼んでいた——。ぐいぐいと、そしてゆっくりと、読み手を誘う四十九篇。好評「回送電車」シリーズ第三弾。
205708-1

ほ-16-7
象が踏んでも　回送電車Ⅳ
堀江敏幸
一日一日を「緊張感のあるぼんやり」のなかで過ごしたい——異質な他者や、曖昧な時間が行きかう時空を泳ぐ、初の長篇詩と散文集。シリーズ第四弾。
206025-8

ほ-16-3
ゼラニウム
堀江敏幸
彼女と私の間を、親しみと哀しみを湛えて、清らかな水が流れていく——。異国に暮らした男と個性的で印象深い女たちの物語。ほのかな官能とユーモアを湛えた珠玉の短篇集。
205365-6

各書目の下段の数字はＩＳＢＮコードです。978－4－12が省略してあります。

ほ-16-6 **正弦曲線** 堀江敏幸

サイン、コサイン、タンジェント。この秘密の呪文で始動する、規則正しい波形のように――暮らしはめぐる。思いもめぐる。第61回読売文学賞受賞作。

205865-1

ほ-16-8 **バン・マリーへの手紙** 堀江敏幸

「バン・マリー」―湯煎―にあてた詩、音楽、動物、思い出深い人びと……愛しい日々の心の奥に、やわらかな火を通すエッセイ集。

206375-4

す-24-1 **本に読まれて** 須賀敦子

バロウズ、タブッキ、ブローデル、ヴェイユ、池澤夏樹……。こよなく本を愛した著者の、読む歓びが波のようにおしよせる情感豊かな読書日記。

203926-1

き-6-16 **どくとるマンボウ途中下車** 北杜夫

旅好きというわけではないのに、旅好きとの誤解からマンボウ氏は旅立つ。そして旅先では必ず何かが起こるのだ。虚実ないまぜ、笑いうずまく快旅行記。

205628-2

き-6-17 **どくとるマンボウ医局記** 北杜夫

精神科医として勤める中で出逢った、奇妙きてれつな医師たち、奇行に悩みつつも憎めぬ心優しい患者たち。人間観察の目が光るエッセイ集。〈解説〉なだいなだ

205658-9

き-6-3 **どくとるマンボウ航海記** 北杜夫

たった六〇〇トンの調査船に乗りこんだ若き精神科医の珍無類の航海記。北杜夫の名を一躍高めたマンボウ・シリーズ第一作。〈解説〉なだいなだ

200056-8

な-73-1 **麻《あざ》布《ぶ》襍《ざっ》記《き》 附・自選荷風百句** 永井荷風

東京・麻布の偏奇館で執筆した小説「雨瀟瀟」「雪解」、随筆「花火」「偏奇館漫録」等を収める抒情的散文集。初の文庫化。〈巻末エッセイ〉須賀敦子

206615-1

ひ-37-1 **実歴阿房列車先生** 平山三郎

阿房列車の同行者〈ヒマラヤ山系〉にして国鉄職員だった著者が内田百閒の旅と日常を綴った好エッセイ。人物像を伝えるエピソード満載。〈解説〉酒井順子

206639-7